我选择独自一人

Laissez-moi Commentaire

[法] 玛塞尔·索瓦热奥——著
陈觅——译

新星出版社 NEW STAR PRESS

青马（天津）文化有限公司
出　品

目　录

Laissez-moi Commentaire

我选择独自一人

一九三〇年十一月七日

“你将这视作爱的证明，不是吗？”火车的节奏不断重复着这句话。我觉得冷，蜷在角落里，试着入睡。——真冷啊！——这列火车为什么要出发？做了傻事后的懊恼之情让我喉咙发紧；离开了一份脆弱的幸福，回到疗养院，我真傻。这几周我终于体会了些许快乐；但作为代价，我将要感受到的是巨大的悲伤。

“你将这视作爱的证明，不是吗？”眼前又浮现出前一天夜里对我说这句话的那张痛苦的脸。我看到同一张脸影像的叠加，如此贴近我的脸，眼中盈满泪水，对我说：“嫁给我，您终将会辜负我……”多么希望这一幕能重来，我要亲吻这张脸，告诉他：“我绝不会辜负您。”但世事无法重来；而这句话，我也不会将它说出口，因为既把握不好时机，又不知该用怎样的语气。我太过情绪化，为了不让自己被情绪吞没，只好变得无情。如何让别人体会到感情迸发的一瞬间所带来的震撼？让我们枕着这甜蜜的摇篮曲入睡吧：“你将这视作爱的证明，不是吗？”我遥寄你一个吻。如果你爱我，我将会痊愈。

待我痊愈后，你将看到一切都会好起来。我喜欢直呼你为“你”，反正你不在这里。我并不习惯于此，这仿佛是个禁忌：但这种感觉无与伦比。你觉得会有那么一天，我能直呼“你”吗？待我痊愈后，你再也不会觉得我有一副坏脾气。我是个病人。你告诉我病人会尽力对身边的人更温柔，还举了好几个例子。我不喜欢说教时的你，这样只会让我想打哈欠，而且你指责我，是因为你没那么爱我了：你拿我与别人比较。病人都很温柔，但我实在是筋疲力尽；全部精力都耗在了坚持下去，以及对那些不理解我的人说“谢谢”的过程中。而你呢,要一声“谢谢”有何用？你无法理解，因为你没有这样的体验。我问过你，如果连着八天睡不着觉会有何感受？你回答说自己从未经历过，但一定不好受。你显然无法理解。另外，我知道当我们在乡下时，你并不快乐；你想回巴黎，你的女性朋友在那里。你急着要离开，觉得我很烦。你知道，这并非我的本意：我以为挽留会让你高兴。在巴黎时你是那么体贴……那时你眼中的我也更温柔：她在那里。你不喜欢病人。我猜你希望把病人统统关起来消灭掉。你真该生场病。

“你将这视作爱的证明，不是吗？”这句话该如何理解？我知道你已经不爱我了。为了避免对我说：“我爱您！”你小心翼翼到了可笑的程度，你不会为我作任何承诺。可对独自离开的我来说，如果可以安心地沉浸在你的爱中，该多美好。我需要这种感受：我渴望痊愈后重新找回它。

确信有人在爱着你、等着你，对一个病人来说是多么大的幸福，剩下的都是过眼云烟、无足轻重：他会发觉他遗弃的生活注意到了他的缺席；他无法想象出全新的未来，与过去的骤然决裂让他虚弱又痛苦；他对“接下来”的要求，只是延续并改善过去已有的生活。

我想将昨夜的记忆如护身符般随身携带。闭上双眼，让情景重现。像在做梦时一样：务必保持身体一动不动。

我爱你。

特奈欧特维尔！

我害怕。我不想下车。

我想躲进一个不会被人看到的角落。我想遗忘自己。若能继续乘火车远行该多愉快！我徒劳地等待一个偶然的暗示来阻止我：一切都指引着我离开。我该怎么办？现在必须下车，回到这间悲伤的房子里。但为何一定要这么做？我感到腿上有近乎快感的犹豫，我必须在一分钟内有所行动，却动弹不得。我对自己说："我不走，我不走……"但最后一秒钟，还是在几近疯狂的惊慌之中，用难以置信的速度完成了先前犹豫不决的行动。我很勇敢；我下了车；有条不紊地办完了所有手续，以证明自己的强大。有一个爱我的人在巴黎：我将回到那里。外面下着雨，还起了雾；现在是凌晨四点，天快亮了。如果此时能同他在一间暖和的小公寓里喝喝茶，该多惬意。我们或许会聊起童年时光。雨一直下，天色依然昏暗。我直直凝视着疗养院，以便提前领会即将经历的痛苦，这样之后体会到的或许就能少一些。看到身着睡袍的男人与女人，双眼深陷，咳嗽着，我感到自己又病了。我为什么要回到这里？蜷缩在房间里的一张椅子上，肩头上压着一件沾满厌恶、疾病与绝望的沉甸甸的大衣：我觉得冷。美梦破碎，越飘越远。我再也听不到那个声音，他的爱不再包围我。天明时，当我们从梦中醒来，会再次闭上双眼，一动不动，试图重筑梦境。但白日的光亮将一切摧毁：对话失去了声音，动作失去了意义。就像一道消散的彩虹：几缕色彩残留片刻，随即消失，看似还会回来，却什么都没有。我的全部美梦就这样消散了。真的可能什么都没有了？我痴痴地重复着：我要离开这里…… 我尝试捕捉昨夜的碎片，使其重现。但抓住的只是幻影，一触即灭。

明天我将写信给你，不能再直呼“你”，写信给你，却无法道尽我的心声。你留在那过着小日子，能理解我现在囚徒般的处境吗？我不知该怎么表达。我在这里日渐迟钝，意识到一个冷酷而确定的事实，只要待在这里，一切都不再有可能：你不会继续爱我。

一九三〇年十二月十日

今天收到许多信：他的那封我最后再读。它或许会说出我等待的事情。

自从回到疗养院，他的信总是让我失望和担心：我确信他不再爱我了。我病了两年，经常不在他身边，而他继续着自己的生活。我曾甘愿相信他会等我：但他真的在等吗？现在的一切在他看来是否都是暂时的、残破的？他是否在等我回去让这一切重焕光彩？还是任凭其消逝，毫不惋惜，因为确信等我归来一切会更加美好？

我的确有些笨拙，不善表达感情，每当流露出一丝情感，便开始嘲笑自己，嘲笑对方，用嘲讽的话破坏先前的氛围。这出于对自我的怀疑，出于听到自己像他人一样流露真情实感时的震惊。仿佛我是在听另一个人说话，而不再相信自己的真诚；言语似乎夸大了我的情绪，让它们变得不再真切。我感到别人会像面对一个讲着自己也不明白的事情的孩童，对我报以一笑。我不可能说："我爱您。"如果有人信以为真，而我却弄错了怎么办！所以我只能绕着圈子说："您，您爱我，既然您这么说了；而我，我爱一个人的方式恐怕与别人不同，其他人比我更懂得爱，也更懂得如何表达爱。"我害怕有一天发觉自己不爱了，所以会预先对这份感情产生怀疑。我害怕被别人指责虚情假意，于是预先设想出自己的爱消失的一千种可能。我声称自己不会忠诚，然而，为了不让那个我声称不爱的人失望——哪怕仅仅是出于想象，我会拒绝另一个人陪我去看戏或亲吻我的指尖。就这样，我在否定心中的爱的同时，却比那个对我说“我爱你”的人更加投入。

我渴望有人猜透我的心思：然而他们看到的只有绕圈子和讽刺的话语。他同样也只看到这些；我对他也未曾有过更多表示。我希望他等我，这是不是奢求了？可是，最近几天他的信中充满妒意。他应该还爱着我。这或许是一封甜蜜的信呢。

“我要结婚了…… 我们的友谊长存……”我不知道发生了什么，完全不能动弹，只觉房间在旋转。在身体一侧经常疼痛的地方，或许更低一点儿，我感到一把锋利的刀在慢慢切割这具肉体。所有的价值都在发生遽变。如同一部卡住的电影，尚未播放的部分只能以无图像的胶片呈现；已经播放的部分中，角色凝固成木偶的姿态：不再具有意义。他们曾填满我及我的期盼；我不知道他们身上会发生什么，依然将我的灵魂借给了他们；如今什么都不会再发生，之前的剧情变得空洞、破碎。我仿佛将自己交予了一副骨架，它的僵态嘲笑着我的苦痛：而我甚至无法责怪它。最后一帧曝光的胶片上浮现的动作令我格外痛苦，它们曾满载承诺：是空白的底片守住了这些诺言。

对于陌生的痛苦，我们往往有更多力气来抵抗，因为我们不清楚它的威力：我们只是看到眼前的抗争，满怀这之后能重拾丰盈人生的期望。而当我们熟知这份痛苦时，只想举手求饶，并以带着疲惫的惊愕姿态说："又来了！"我们预知了所有必经的痛苦阶段，并深知在此之后只剩虚空。

清晨刚醒来时，痛苦还不够强烈，我祈求上帝让我再睡一会儿。如同被棉絮包裹着的肿瘤：忽然间一阵剧痛来袭。那个微小、清晰的场景，两天前看来还无关痛痒。那个动作、那个眼神，从前几乎不曾留意，如今想来却像是他在对另一个女人示爱，一阵痛苦的痉挛几乎使我停止心跳。一个为讨他欢心偷偷构思的秘密计划，如今变成一张突兀的鬼脸，揭示出意义的虚无。从早到晚，也有些许平静的时刻，没有任何感觉，连自己也对此惊讶不已；我警惕地等待着一句话、一个声音、一种香味，会瞬间让痛苦重现。再微不足道的事都会成为哭泣的借口，报纸上的一句蠢话，平日大概只让人耸耸肩，如今却使我落入感情泛滥的深渊。另一个女人，她是什么样的人？我想象着她身上具备所有的优点，想象着他俩在一起，拥有非凡而永恒的幸福。在得知这个消息前，这份幸福看上去无足轻重；但现在我感到悲惨极了，几乎想卑微地说："我也可以使您如此幸福，您曾对我这么说过的。"我发怒、诅咒，想要报复。但报复不会到来，或者来得太迟，以至于我已将这一切忘却。如果现在就能报复该多好，这样我们残存的爱就尚有复苏的机会，甚至可能赢得最终的胜利。我们的爱在"他的心中"不再有分量，但如果"他"忽然间，能因另一个人而感受到自己给我身心造成的痛苦，或者"他"忽然悔过，明白一切都太迟了，这时候再去安慰"他"该多么愉悦。爱情，在安慰摒弃它的那个人的同时，也能安慰自己。

真难想象他不再需要我了。

也许这些痛苦都是出于我的想象，它臆造了具象，夸大了感受？但当读到“我要结婚了”时，即使脑海里没有浮现任何影像，我仍然感到痛苦，纯粹的痛苦，不夹杂其他任何想法。

您说我们之间的“友谊”更单纯了，当然了，因为它不再掺杂欲望、嫉妒和期盼。在必须有所交代时，我们总会想到友谊，“爱情高贵的姐妹”，好在我们把曾经的爱情给予另一个人之后，用来证明现在的这种情感比爱情更好。

您的话相当有说服力，人们在您这种处境时总是更具说服力。因为首先要说服自己，就要找到最巧妙的理由与最有效的热烈语气。当完成这场表演后，我们对自己如此满意，以至于确信如果被说服的对象没有信服，只是因为她性子太糟。

您知道什么是友谊吗？您认为这是一种更温吞的情感，满足于他人不得已施舍的残羹剩饭与小恩小惠吗？我则认为友谊比爱情更为强烈和排他…… 只是不那么“引人注目”。友谊也包含嫉妒、期盼和欲望……

您曾经是我的朋友，您曾经想娶我为妻。这应该是出于很深的爱吧。

回到疗养院没几天时收到的您的第一封信，是这样写的：“我知道您现在病得很重。但您之所以生病肯定不是因为与另一个人的感情。”所以，他人对我毫无亏欠，因为这世上友谊的规则，或者说您为它定义的规则，只有“付出，付出”。我要求太多，并非一直在付出：您疏远我，但我不该跳出自身去找原因。

您给我写充满爱意的信，写充满妒意的信。您曾因一位友人在我们之间逗留太久而一整晚不开心，在上一封信中您还提到过这种让您无法消解的痛苦。可随之而来的是："我要结婚了…… 我们的友谊长存。"我不是说您对我逢场作戏：只是，您应当早就不爱我了。

您称我为"我的大女孩"；我应当是知晓一切的那个，而您是倾听一切的那个。但您什么也没说。请不要说这是我的错，我应当主动质问您。友人不是只在被质问时才吐露心声。

我们的友谊在以后会是件美好的事：旅行时我们会互寄明信片，新年时我们会互赠巧克力。我们会互相拜访；在生活中有所成就时会互相告知，以轻微地刺激对方，并避免失败时遭遇怜悯；我们装成理想中的样子，而非真实的自己；我们会说很多的“谢谢”“抱歉”，和其他人挂在嘴边的客套话。我们会成为朋友。但您认为这有必要吗？

一九三〇年十二月十四日

您这封信的开头就像很多情歌里唱的:“我曾如此爱过的您……”句子的过去时宣告着一场欢宴的散场,尽管它的现在时还回响在耳边,但灯火已经熄灭,我独自注视着一对对情侣离去的背影,消失在昏暗的街道上。结束了:我已经无可等待,却要永恒地留在原地,明明知道什么也不会到来。您的一字一句好似在谱写一首吉他曲,反复吟唱同一句副歌:“我不能给您幸福。”这是一首老歌,形似干枯的花…… 过去这么快就成为遥远的往事了吗?

幸福？这是悲歌中的字眼。您，您将它拟人化，辨识它，定义它，但我们真能像您这样谈论它吗？

当我们喜欢一种香味时，会努力记住它，好再次找到它。我们不会让自己完全陶醉，以便能将其剖析，一点点地沉浸其中，直到仅凭记忆就能引发肉体的触动；当它再次出现时，我们会愈加缓慢、温柔地呼吸它，从而感受其中最微弱的气息。猛吸一口香气会头晕目眩，也会留下不完整、未完成的刺痛感。这或是一种惹人不悦的窒息感，让人只想摆脱以重获自由呼吸；或是一阵突如其来又过早消退的微醺，只有紧张的神经被触及。被震撼至全然不知所措是一种幸福。仍然保留一隅意识，知道什么在发生，同样使所有智慧理性的人在每一秒都能获得某种幸福——这一隅意识使人能欣赏喜悦的缓慢进展，跟随它到达顶点，这不也是一种幸福吗？有一个小角落未被震动，但它仍是昔日欢愉的见证。它记得并能够说出：我曾是幸福的，我知道那是出于什么原因。我想失去理智，但又想抓住迷失的那一瞬间，尽量延续我对逐渐消退的意识的认知。我们不应在自己的幸福中缺席。

这一隅的我对您进行了判断与评估，通过这些评判，我看到了您的弱点，您的缺陷；要我留下来，接受这些缺陷，甚至喜欢它们，又有何妨？哦！男人，总是渴望他人的仰慕。你不会对你爱的女人进行判断与评估。你在那里，拥有她；你抓住了属于你的幸福；她失去了理智，看上去不再属于她自己：而你感到幸福。她对你呐喊着“我爱你”，你便感到满足。你不再是粗鲁的，而是那么温和，对她倾诉，为她担心，用轻柔的话语安慰她，哄她入眠。你不去评判她，因为你需要她因你而幸福，并告诉你她因你而幸福。但你若注意到一双眼睛注视着你，并微笑，你又会心生反感。你感觉自己被“看到”了，你不想被看到：你只想独自“存在”。你带着不安问道：“你在想什么？”

我在想你。你有着喉咙发出的低笑和我不喜欢的牙齿。

你经常眯起双眼，像是要看透对方的心思，将他了解得一清二楚。你的嘴唇在看似发黑的牙齿上轻微翘起，整个头向前探。当你在阐述一个刚发现的睿智理论，或想方设法把他人美好的想法贬损为庸俗的情感时，便是这副模样，看上去就像一个不甘受人摆布的小商贩。你这副样子让我感到尴尬：你这是在自我贬低。但我一定不能让别人发现你这个小毛病然后指指点点：我会做出恶毒的回应。有时你在自称陌生的领域内会做出奇怪的评判。你抨击一幅画、一部音乐作品、一首诗，说：这很容易。你似乎想借此挽回在比你伟大的事物面前被动摇的地位；你害怕附庸风雅，以至于否认自身所感受到的美。我了解你的想法，虽然不喜欢你这一点。但如果有人暗讽你的品味或智商，我会如同自己受到侮辱一样严厉地予以回击。你有点儿自命不凡，会偷偷对镜子中的自己投去满意的一瞥，还会在有女人从身边经过时坐直身子，装作漫不经心地用目光打量她。如果碰巧她看了你一眼，应该会对你留下好印象；当有人与你谈起某位女士，你会打断对方并询问："她漂亮吗？"这让我觉得好笑，只想露出嘲讽的微笑。但谁也不能对我说你“花心”，你的缺点只属于我。我不断地检视你，一点点发现了它们。这些小毛病让我感到痛苦，但我并不要你改变。有时我会笑着对你提起这些，无意冒犯你，也不想给你任何建议，只想告诉你我懂得；何苦要掩饰自己，向我展现你的所有这些小缺陷。我喜欢它们，因为它们是你的一部分。而其他人不会知道，正是这样我们才结合在一起，将他人阻挡在外。没有什么比弱点与缺陷更诱人：你我正是通过它们深入所爱之人的灵魂，这灵魂为了与众人保持一致而不断隐藏自己。它如同一张脸。旁人看到的就是一张脸；只有我们自己心知肚明，在某个确切的部位，鼻梁看似完美的曲线有着不易察觉的瑕疵，勾勒出一个平凡的鼻子；皮肤的表面近看十分油腻，且有黑点；眼中的斑点有时会使目光暗淡，嘴唇因为厚了一毫米而变得平淡无奇。比起完美，我们却更想亲吻这些小缺陷，因为它们惹人怜爱，更因为它们使这张脸与众不同。

不要抱怨我对你的判断与评价：我不会因为多了解了你几分，就少爱你一点儿。感到不幸福的人不是我，而是您。您不如将信中的话改为：“您清楚自己不可能给我幸福，因为即使在我俩最亲密的时刻，您都保留有一隅自我，不为所动，并评判着我。”

其实，我到底是在评判您还是在评判我自己呢？您很明白，我一直在观察生活中的自己，我嘲讽自己，贬低自己，笑话自己的冲动与热情，毫不自信。同样地，我对您也毫无信心。尽管拥有您的爱，我仍然不确定。您有许多女性友人：我并未责怪您；我只希望通过听您谈论她们，来了解您为何亲近她们，而疏远我。可您很少对我说起这些。我想您不爱我了，虽然我是那么渴望知道答案，却又不敢斗胆问您。一个眼神、一句话、一阵沉默……都让我感到不安。但我对自己说：“您是自由的。”我不愿另一半因被束缚而留下来，却又渴望他能留下来。可我深知他不再爱我了，任何抗争与挽留的努力都是愚蠢的。这种努力如此枉然，以至于任何一丝反抗的念头都引我自嘲："你在嫉妒？哦！不，这可不像你，什么都别说。你将得到的不过是一个微笑，和几句安慰，你会更加痛苦…… 他总归是要离开的，迟早，只是不是现在…… 所以，您是自由的。"

我试图在您之外寻找一个支柱，这样当您不再爱我时还有所依靠。这小小的支柱，不是另一个人，也不是一个梦，或一个幻象，而是您所谓的我的自私与骄傲。在痛苦中，我想找回的是自我。我想紧紧抱住自己，带着痛苦、疑虑和信念的缺失而独处。在悲痛中，我只有感受到自己，才有继续前进的动力。即使一切都变了，一切都让我痛苦不堪，我还是我自己。若要我选择迷失，就必须确定自我不再被需要了。

您向我描述您未婚妻的段落，句子节奏随情感起伏；舒缓的长句，一点点倾斜下来，直至尾声，静默地、永恒地停驻在那里，不再有多余的气力：它停在那里，永远地休止，就像您在那里，在她身旁。

我要是足够自负，就会坚信您还爱着我，只是出于责任，不忍伤害一位把信任托付于您的年轻姑娘，才离开我，娶她为妻。但您放心：我一点儿也不自负；“被迫”“怕辜负她”，这些词只会让我发笑。我还想到，如果我是您的未婚妻，读到这段话该很难过。我不希望对方是为了不辜负我，或是为了不向我展现真实的自己，而与我结婚。以这样近似谎言的话作为婚姻的基础于我是一种冒犯；我宁愿离开。但这只是我的想法。再说，您的未婚妻并未读到这段话：她不知道“您真实的样子”。即使知道了，说不定还会因为这份对她的爱情的敬意而快乐。一位男子为了回报她全部的爱而选择了她，恋爱中的女子不该为此欢欣吗？您给这段感情添了份羞愧又愉悦的感激之情，因为您配不上、也无法回报她给予您的幸福。这之中还掺杂着一丝偏执，让我气得有点儿“咬牙切齿”；我说不上为什么，因为您的话语如同爱着与被爱着的人们的一首永恒的曲调，愚蠢又真实。我不是在讽刺。您的信，字里行间，所有的词句都传达出爱意，您在爱着另一个女人，爱着一个与我截然不同的女人，您早就爱上她了，却从未想要告诉我。

去年，在乡间，您来的第二天，我们爬上半山腰，坐在高高的干草堆上，眺望平原，我紧紧依偎着您。我小心翼翼地问起您的女性朋友：您没有回答。我继续追问，您语气生硬地答道，这是您身上我不喜欢的一面，您不想向我展现。您的目光飘向远方，摆出一个不被理解时的手势，又用高高在上的眼神看向我，拒绝透露任何事。您转向别的话题。我沉默不语，与您重逢的喜悦蒙上了一层阴影。六个月以来，我在病痛中，与您相隔两地。您没有忘记我，但由于另一个女人的存在，您看待我的目光已经与从前不同了。您指责我的性格、我的品味……您开始袒护我厌恶的事物：我隐约感到您在想着一个与我截然相反的人，您一直在将我俩作比较。您对我有了成见，有意无意地在我的言语和动作中捕捉印证这一成见的痕迹。您认定我心胸狭窄、自私、苛刻……我放弃与您争辩，因为您以惯有的自信表示“不是这样的”，并发出让人无法再继续争论的笑声，使对方意识到什么也动摇不了“他的真理”。您开始赞同那些从前您觉得愚蠢的想法，埋葬了内心真实的感受。您似乎在抹去您身上的我。我很痛苦，您对我的指责与称赞都不再重要：您不再像从前那样看待我，我只能哭泣着目睹自己的毁灭。

您向我说过您如何感激一位女子“无条件无要求”的爱。

如果您想一整天往水里吐痰，爱您的女子就应当一整天留在那儿，不发一言地看着您向水中激起涟漪：既然这么做让您高兴，她就应该为此感到快乐。如果您想每天都这样度过，这位爱您的女子也将每天陪着您。您还补充说，我不会这样留在那儿。我必须承认我做不到。首先我会试着打瞌睡，或同时干些别的事。如果做不到的话，我可能会忍不住告诉您，这么做很傻，您不如来吻我。然后我会站到您身边效仿您所做的事，与您一同吐唾沫，并来一场比试，看谁能激起最大或最小的涟漪。老实说，您会一整天留在我身边看我这么做吗？

在科西嘉岛，有次我在灌木林中骑马漫步，走了很久，忽然来到一条空旷的路上。我勒紧马缰，俯身至它的头下方，在两株野草莓树间依稀可见我的身影：我将两朵粉色牡丹捧在胸前。真希望您也在那里，嗅到密林的芬芳。您会理解我对荒野的爱，会如我一般单纯而狂野，会与我相恋。我紧紧抱住马，将牡丹折断。不会有人来爱我所爱。

在威尼斯，夜色中的贡多拉上，运河散发着恶臭，三色灯笼下传来嘶哑嗓音吟唱的《我的太阳》，在死寂悲伤的宫殿旁，我因孤独而哭泣，深知您不会同我沉浸在这种病态的魔力中。

在高高的山峦，我如梦般沿着陡峭的雪坡滑行，想将这美妙的一幕留在心间，当回到您身旁时，让您也欣赏到这样的画面；我努力寻觅最热情的词句，让您也能分享我的喜悦，并激起您与我同行的欲望。但您很快便听不进我的话，换上一副阴沉的表情。

我想带您去看舞蹈演出，去听独一无二的音乐会。我全心全意想讨您欢心，若您会感动，我将备感幸福。然而您拒绝了我，不愿再来看我了。

无论我在哪儿，您都在我心里。我所有的感受都由您掌控，它们充满悲伤，因为您不在那里。我尝试将其中的所有细节都保存下来，好原封不动地呈现给您。难道你从未感受到我试图让您体验这一切的热情吗？我想将您永远留在心里，让您感受我所感受到的，让自己在您不在身边时一片空白：眼中折射的微光，身体舞蹈的姿态…… 如果我身处美妙的境界，而您不在场，我就会焦躁不安。成功让我满足，是因为可以与您分享；烦恼不再沉重，是因为可以对您倾诉。我想做更多的事，更多更多，给您带去我不断累积的“财富”。

夜晚，在往常总是匆匆而过、目不斜视的巴黎街道上，我试着去爱上您所爱的事物。像街上所有的情侣，我羞涩地用手臂挽住您；然后好奇地以您的方式去感受，我爱上了雾的香味、擦肩而过的人群、少女的喧闹。一贯讨厌在公共场合流露感情的我，在昏暗的街道上，以愉悦的心情——一种充满禁忌的愉悦——回应您的吻，它们并不令人“舒服”,却十分甜蜜,因为您喜欢它们。夏日炎热的午后，在我那间小屋的沙发上，我们吟唱情歌，都是十几年前的舞曲，歌词愚蠢可笑，而我又不够感伤。但在多愁善感的您身边，我也会被这些简单的曲调所打动，就如同所有被粗俗情歌俘虏和感动的人们。一首《梦的探戈，爱的探戈》让我与您更加亲近……我想读您读过的、见您见过的一切。但您对我仅以只言片语匆匆带过，好像这些都与我无关。

只要有人谈论起爱情，我便想起您的爱，并浮起微笑；当有人谈论起“男人”以及他们对“女人”造成的伤害，我仍会保持微笑，认为您不属于那些“男人”。

但这还不是爱您，因为我还想再充实自己，因为不想把自己毁了，变成不再成长的附庸，只知沉迷在对男人幼稚的仰慕中，任其摆布。

男人身上很奇怪的一点是，当他与相爱已久的女人结婚时，便会为道德和社会规范所困扰。他会因这位女子坚强、独立和有主见而爱她；但当想到与她结婚时，他本能中的控制欲和自尊心，以及对“他人会如何谈论”的担忧，就将她的坚强曲解成叛逆，独立曲解成骄傲和坏脾气，有主见曲解成自私和要求高。他指出生活是由日常琐事组成，我们必须屈从于此，养成庸常的“心态”。事先明确各自的角色是件好事，因为婚姻不是儿戏。男人在妻子眼中应获得尊重与爱慕，他会用温柔的语气说不能去这里或不能去那里，要这样做而非那样做，因为大家都是如此；而妻子会回答：“是，亲爱的。”当与朋友一道时，她会如同身处整齐划一的合唱中一般用骄傲的语调反复提起：“我的丈夫。”她骄傲并喜悦地说出这几个字，仿佛惊讶于她终于能跻身有资格说“我的丈夫”的女人之列。每位妻子都争相歌颂她“丈夫”做了什么，说过什么；“丈夫”的关怀或责备，都被她们视若珍宝地展现给年轻女子。对于任何问题或话题，她们的回答必然是：“我要问问我的丈夫”或“我丈夫说……”就在我写这几行字时，听到附近露台上一群美丽的年轻女子在热烈而愉快地聊天。我不知道她们在聊些什么，但能够分辨出其中反复出现的音节“我的丈夫”。当我在散步途中或用餐时与她们偶遇，听到她们只言片语的谈话里，“我的丈夫”这几个字从不缺席。女人真的必须变成只能依赖“丈夫”来思考吗？人们也许会笑我，认为我是出于懊恼才出言讽刺。但我真的烦透了所有谈论自己丈夫的女人。

您信中的不少言语激起了我的这些“女性主义”思想。还有，您是故意装作不明白我为何要讨回自己的照片吗？并不是自恋地认为它们会让您思念我，打扰到您的新生活：日复一日的生活将很快磨掉过去的痕迹。我也并不是遵循恋人们分手的传统。我可以把过去的东西全部留给您，因为它们对我不再有任何意义。只是，我想到了您的妻子。如果您从未与她提起过我，我可以理解您，因此您也不该留有我的任何东西：这是可能会被她发现的尴尬秘密。如果您与她说起我，我想到您可能使用的语气便会感到难受，一如您过去对我说起您爱过的其他女人。您提到与其中一位的分手时说："我受够了。"您的眼睛变得冷酷；您的声音干涩、嘶哑，似来自喉咙深处；您直直地盯着远方。这是无法辩解的理由，如同人们在饱餐一顿后，离开餐桌时的说辞：再坚持下去便是错误。片刻之后，您揉了好一会儿眼睛，带着发自内心的叹息补充道："她结婚了，我真心地祝她拥有全部的幸福。"我不知道我们为何会在意分手的恋人如何谈论自己。是出于自尊心吗？我们不希望自己与他人混为一谈。所以，此刻，我更希望您从未谈起过我。但我的照片或许会被您的妻子发现。您说会为这个发现可能对她造成的痛苦"负责"。我不希望您来"负责"。这触动了我内心深处的女性自尊。我能想象您如何安慰她：您会更加温柔、深情、体贴；您会用爱抚来让问题消失：您会设法“解决”。您能意识到这些给我带来的羞辱与怨恨吗？我不愿您因为我而去这样安慰另一个女人。

您为何问我：“是否有一个让您感到为他而生的男人？”人们总是对女人说：“您是为那个男人而生的。”而对男人说：“那个女人是为您而生的。”我们是否见到过“您为她而生的那个女人”？对男人而言：一切似乎都是为他而设……世上甚至有一个为他量身定制的女人，他们的结合在出生前即注定好了。“为您而生”这句话暗示着顺从与屈服，而女人的幸福似乎就取决于此。多令人奇怪啊：女人是为男人而生，而幸福将属于她。男人难道不幸福吗？还是说男人的幸福就取决于他是否体会到为他而生的女人屈从的温顺？当男人抚摸一只漂亮的暹罗猫时，他是否想了解猫咪清澈的眼睛在诉说着什么？还是认为只有抚摸能触动这只生灵？

我觉得缘分天定的想法十分美好。好像有一个日本传说讲到，月神会在新生儿的脚上系根红线，将未来的丈夫与妻子连在一起。人们看不见这根线，但被连接的两人会相互寻觅，一旦找到，便能获得人间的幸福。也有人没能找到，生活就不得安宁，只能孤老一生：他们的幸福只在来生，他们将会看到与之红线相牵的人。不知道我是否能找到连接着我的那根红线，也许这个传说与其他传说一样，是一种诗意的安慰。为他而生的那个人，难道不是我们愿意接受自己正是为他而生的那个人？我的那个人，曾经可以是您。

在您的信中，我始终能感受到您在试图掩饰这简单而唯一的事实，但它就隐藏在您的论述、谦辞、借口等几乎全部词句背后。实在有些可笑。

“您大概是对的，这我知道……但谁知道您要是错了会发生什么呢？”

您的第一段话以此结尾。我不禁想到那句耳熟能详的老话：“如果人人都这么做会发生什么！”这是人们无话可说时常用的空话；他们总会同时抬起双眼，让天空作证，仿佛自己提出了极具价值的观点。如果说我当时不应缺少安全感，那么或许我后来会变得有安全感，或许一切照旧：我还是没有安全感，您还在爱着我……

您为何如此谦卑？“我知道我写的这些在您看来可能充满矛盾，无法成立。”

在您向我展露的感情里，我找不到一丝矛盾之处。然而，当您意识到自己论据不足时（这之前的表达都清晰、笃定、不容置疑），便会俯下身子直视对方，动之以情，并承认自己欠缺逻辑，以换取对方的认同，您就是这样的人。这之后，您又会让事情重回正轨，认定自己是合理的。再说，与看起来的正相反，实际上您是在指责我缺少理性。我大概是被一种奇怪的思维所累，在您诉诸情感时，表示无法理解，并试图谈论我的“想法”。或许我只有在看到“友谊”这个词时会停下来，笑着觉察到您现在多么频繁地对我使用这个字眼。以前，当我出于羞涩说起“友谊”时，您总是激动地指正这是“爱情”。如今若我表露出一丝爱意，您准会表示惊讶，并说：“请别对我现在的感情有半点儿怀疑。”

“我没有半点儿怀疑。”——这句话似乎能赋予人为所欲为的权力，因为它让人事先明白这已经无关紧要了：接下来的话总是“但是，我很遗憾……”，只有对不可动摇的决定或者言论，人们才可以确信地说：“没有半点儿怀疑。”您在记忆中捕捉到我曾说过的一句看似不再爱您的话：“您常对我说，您爱我的，是‘宝贝’的这一部分，您没有对我掩饰，‘宝贝’已经消失了。”当您把这句话当作挡箭牌时，却刻意忽略掉您曾拒绝接受它的事实。如今，您欢快地认可它，因为它能帮您逃避变心的指责。但我也可以说：“您常对我说您会等我……您从未告诉我您不再等我了。”

如此全身而退是一门艺术；“您没有对我掩饰”与“我没有半点儿怀疑”这两句搭配得天衣无缝：好似小商贩推掉一桩不想做的生意。

“宝贝”是个矮小、苍白的年轻男子，他身着黑衣。好看的头发闪着蓝光，厚重的镜片后一双褐色的小眼睛目光坚定；它们想要傲慢无礼，实际上又十分羞涩，透露出真实的自己。宝贝不属于任何一个“圈子”，似乎生活于任何群体之外。他有许多方法与理论，但它们会一个个消失，并很快被新的所替代：如同从没存在过。他保有成见，但不倚重它们：而只是为了理解那些仍遵循着成见，和那些已克服了成见的人。

他不认识我，也不认识我的任何朋友：他心中没有任何我必须遵循的既定形象；而且，由于他不属于任何“圈子”，他心里也没有任何我可能与之冲突的模范女人形象。我立刻就想与他倾诉自我。我一直在寻觅一个人，在他面前能够放映我的人生影像。每个人不是都有这个弱点吗?我会自言自语，但独白的艰难时常让我疲惫，如果有个同情、认可和聆听的同伴，就轻松多了。我们会更有分量，所言之物变得更加具体，从而形成一个大家都参演其中的幻想世界。我们能尊重纯粹的真实到何种程度?这些小幻想会将其中的部分痛苦排解：痛苦凝结，成为灵魂之外的实体。时不时地，我需要这一点儿安慰。我为保持完整正直的自我而紧绷着。但是，为了抚平自己的疑惑，我希望，通过讲述自己的生活，来摆脱所有细枝末节：让其轨迹清晰可见。我需要一个知己。

身着黑衣、目光真诚的年轻男子吸引了我。我称他“宝贝”，成天与他谈心。我巨细无遗地向他讲述生活的每一分钟，自此以后，即便他不在那里，我仍会向他低语。每件事只有在与他诉说后，才有了滋味和意义：他不是我的向导，而是我行动与反应的出发点。我像爱自己一般爱他。我无比渴望疼爱他；他对我而言太过宝贵，我害怕会失去他。

但是，有一天，我感觉宝贝已离我而去。他不再身着黑衣，还进入一个“圈子”，不再理解置身其外的人。只要稍被激怒，他便如同猎人追捕猎物般发出嘶喊；他的人生观从此固定下来，就是靠平庸地活着来获得幸福。他不愿再追随我。我的故事让他不屑地耸耸肩。那个宝贝已经死去，只有他才是我爱的。但残存的这个人与宝贝如此相似，以至于我仍存有幻想，不想放弃。我们不会因为知己骤然消失，便瞬间与他分离。而是去追逐他的影像，他的回忆；希望是自己错了。我以为他并没有死，会在我好转之后回来。他怎么可能抛弃我对他倾诉的一切呢？

您曾觉得我的影响是“恶劣的”。如今您再提起，却认为它是我们友谊的凭证。为什么？我对您讲述的故事，我对您施加的影响，都不复存在。我们改变了两个生命的音调……最让我痛苦的不是一段爱情的消亡，而是我们共同创造的一个生命的消逝，或许是我独自创造的吧……这个生命是您与我的结合，映射着我们对彼此的期望。那是符合我期望的您，不是您自诩的我的仰慕者，而是一个真正爱我的男人。因为爱我，而对我的一切充满兴趣；在他面前，我可以保留我所有的缺点与优点；我可以任由自己陷入混乱……在这场充满诗意、突如其来的混乱当中，所有的本能化作言语与呼喊，让灵魂找回方向，以便继续前行。我以为这些放任不会动摇您的爱情与信心。

在我们一同创造的生命里，还有您眼中神秘的我。我不清楚您与我相伴时是怎样的感受：幸福、快乐、焦虑、苦恼……如此多的问题！我没有答案。有些时候，我认为您不能没有我，还有些时候，我又感到自己只是您生命中的一段插曲。某些片刻，我信心满满，而大多数时间，我却悲伤重重。我最好不要知道我在您心中的形象，就如您最好也不要知道您在我心中的分量。只要还保有因不知自己在彼此心中的模样而产生的忐忑，我们之间的吸引力便将延续下去。是谁破坏了这份吸引力？我们以为看到了自己在对方心中的形象，也将对方的样子在自己心中定型。是不是这个原因使我们彼此分离？

哦！不要以为我把您当作“不得已的选择”。您一再谦虚，并将自己贬为“目标”，这根本没有意义。这会让我不禁想到您的谦卑实是虚情假意。几个月前，您还自信将要成为赢得我欢心的男人。您知道我骨子里从不将就，有时看似就要放弃，但总在想方设法从放弃的边缘“回头”。我怎么可能将就着与您在一起？爱的折磨并不能让我将就；就算真的这么做，也不会想到您；您的变心，如果可以这么说的话，对我造成的伤害就不会这么大；我大可再次将就，寻找下一个目标。您看似自谦，但在您心里，难道不是仍保有一丝不曾丢弃的自大吗？

您从我的冲动、我的选择中，看出不属于我的意图。我想，从我的恋爱手腕取得的毫不起眼的成果里，可以看出我并不常问自己是否应该去爱。您于我可能是个将就的选择，但我并没有这样看待您。我曾略微感觉到，我在您心中有特殊的地位。然而，您并未用心理解我，或许根本就不理解我；您的爱没有细腻的表现；您的奉献并不耀眼；您的一切似乎都是平庸的。但我仍偏爱您的一切。为什么？

这份偏爱，您仅仅归结为我的趣味；而您被我吸引是出于您想征服我的欲望。

然而，您从前的爱，是“完全征服我的欲望”与其他更浓烈的感情的结合，如忠诚、关爱、无法停止的思念……所有这些情感掺杂、混合起来，就成了人们所说的爱情。如今这份爱只剩下一个虚弱微小的元素——最为虚幻、没有任何创造力的“征服的欲望”，您只好使其膨胀，以填补它的空虚。爱情，是一方征服，另一方屈服……而余下的则被冠以模糊的字眼，友谊、关爱、忠诚……？我是该怀疑爱情还是该怀疑您呢？所幸，事实上我们之间并不只有您说的这些，还有其他东西，我称之为爱情。

在您暗指的那个伤心的十月里，我被另一个人造成的伤害所击垮。在那么多人当中，我自然而又谨慎地选择了您，好有力量去遗忘，去重拾欢笑。我请求您听我倾诉和那个人有关的事；您在我身边时，我仍惦念着他，甚至怨恨您不是他。您的爱审慎、坚韧又无私，英雄一般战胜了我的固执。既然您如此爱我，我无法再愚蠢地说一切只剩绝望。

当看到您对我的爱，当我就在您身边，我感到无比甜蜜——属于爱情的那种甜蜜。请不要剖析这段回忆：我从中只能看到爱情。

对我而言，我说不清是哪种情感促使自己跑到凡尔赛看您：是爱情，是兄弟情谊？……是的，就是这些我叫不出名字的情感，给我带来了通常只有年轻的恋人才会经历的纷扰。我每周只有一天在巴黎；这一天最重要的事就是去看您。为了跟您在一起十五分钟，我要花上一整个下午乘出租车去您的“学院”。在见到您之前，我被过度的兴奋所控制；当离开您之后，则因期盼的结束而沮丧。我通常中午十二点到一点与您在一起。我会在十一点钟喝一点儿茶，到两点钟才无甚胃口地去吃午餐，仿佛有颗球在我的喉咙里上上下下。那些出租车总是开得太慢，一道道“路障”使人疲乏；在圣克卢门车站，我总是不知该乘坐哪一班电车：想赶上第一辆，跑向它，又转向另一辆……每次我一转身，之前的那一辆就开走了。急不可耐的我总是在目的地前一站就下了车，而每当我决定要耐心等候，又常常让期待很久的那一站白白过去。我因为担心会迟到几分钟而一路奔跑；却发现早到了二十分钟。我想自己最后总是会迟到。给您带去巧克力后，我们在一间阴暗小厅里的两张硬椅子上坐下来。在某个角落里，总是有个小个子安南人静静地在给地板打蜡，不发出任何声音……突然间我们发现了他,这令我们十分尴尬。他看着我们,也一脸愕然。他明白了什么吗？他转身离开了。我俩继续紧挨着，有些紧张，害怕听到开门声。您不敢让您的吻停留。我希望自己是美丽的，特地穿上了您会喜欢的裙子。当我们走下楼梯时，您的同学看着我，向您投来赞赏的目光。我感到很有趣。这有些孩子气。而您却很高兴。

爱情，游戏，忠贞……这些都是从那时以来我对您抱有的情感，从未停止。为何您还要“找回”这一切？您看不到它们了，是因为您在疏远我，必须对它们视而不见。现在您有了新的归宿……可在别的地方，您却能在既不影响新恋情又丝毫不内疚的情况下，要求我表现得如当初被您爱时的模样。您不再使用“爱情”这个字眼：您现在改称“友谊”；然而这个新的说法包含着旧的内容，您渴望得到的依然是爱情，只是这种爱仅因存在而满足，除良善与放弃之外便无其他。

然而在很长一段时间里，您曾渴求我心中既有付出也有苛求的完满之爱、精神之爱、肉体之爱……我无法一下子拭去这些曾有过、爱过、盼过的意向与渴望。您只想要我的善意；您以为只要否定其他一切，便会使爱情就此消失吗？

为了成为您眼中那个无怨无悔的高尚女子，我应该为您保留这份爱情，待您有闲情逸致时再对我献殷勤。您能为我做的这些小事我大可求助于他人，而不是找您；即便我出于懒惰找了您，这些小事也是长久以来您对我唯一的付出。我再三犹豫是否对您开口，并后悔最终还是对您提起了。如果我的请求打扰到您的日常作息，我便会觉察到您的不悦与抗拒；您只有在我请求之事不扰乱您的生活时才会有所行动。现在为了证明这份友谊，您大概会更为殷勤。我还没忘记您那句“如果有机会的话……”，这在我看来不是友谊的标志。友谊应是我能随时去找这个人，对他倾诉我的想法，与他分享喜悦，分担烦恼。我不认为自己会过分打扰他；但我想我也可以自私一点儿。我对朋友的要求，是能够在向他提出请求时没有顾虑。这种友谊，您很久没有给过我了。

这是为什么我不会为您保留“心中的一隅”。出于恋爱中的人的天真，我曾向您发誓将永远对您保存一丝真爱，哪怕我爱上了别人。如今要结婚的人不是我；而您的模样正占据着我全部的心；为了使我不再痛苦，您必须离开，以便有一天，当我再听到您的名字时，不过是感到一缕掀不起任何波澜的气息。我渴望这种遗忘，因为我需要平静；您呢，您拥有了幸福，而我的一点点爱慕对您毫无意义。

是的，已经很晚了；我把灯熄灭，让夜光洒进我的房间。

在被单与皮草的拥裹下，我感到温暖而舒适；窗户敞开着，朝向零下七度的寒冷。

外面白茫茫一片；一切被雪沉闷的寂静所笼罩，这寂静似乎在等待一个启示，只要想到它到来的时刻，心跳便愈加轻快。敞开的窗外，不断传来的咳嗽声将夜晚搅碎；走廊里，咳嗽声也此起彼伏。咳嗽，永无休止的咳嗽声，窜进冰冻的夜。其中有一个谁都未曾见过的年轻女子的咳嗽声：一夜无休，不知疲惫，没有停歇，如干燥木头的开裂声；在这个声音消失之前，我们还得听多久？她的身体尚未枯竭，这一夜还不会被黎明的曙光带走。另一个房间里，刚刚掩着从嘴角渗出的血、急忙离开我们的那个男孩，发出沉闷潮湿的咳嗽声：每一声闷响都带着血……何时才能为不再流血而松口气？隔壁房间传来令人安心的细细的咳嗽声，我不是唯一一个守夜人。我也回应般地轻咳了几声，好来检测肺的状况。我感受到的是破损风箱般的空洞与空虚，还是一块布被扯落时的细微撕裂？或许是完满的共鸣，以为一切都已复原的幻觉？夜里有这么多咳嗽声！这是一首颂歌吗？它将飘向何方？

我孤单一人，但今天并未格外孤单；或许不那么孤单。这个晚上，我知道一切都破灭了，这几乎是一种解脱。我将能够摆脱那折磨人的希望的纠缠，行动起来，不再幻想着一切恢复如初。我将忘却，将继续前进，不再看您一眼。

过去的一切都已结束。长久以来，我在不知不觉中挣扎着，试图挽救过去。我拼命抓紧它，抓紧您……裹着愤怒、忧伤、爱恋。我希望一切永恒不变…… 我每天对自己说：明天将和从前一样。然而“明天”却从未到来。直到昨天，我仍在等待它的到来：从今天开始，我不再等待。我应该更孤单才是；想到接下来空洞的日子，我被夺去爱情的心几近虚脱，眩晕不已。您离开了我，但我却找回了自我，相比于追寻您的那些日子，我反而不那么孤单了。我与自己重逢，并将同自己一道，努力活下去。

我知道“您的旧情谊”是无私的，或许有一天我会需要它。但如今我不再想着它了。请安享您的幸福，别再为我担忧。今晚，您的灵魂无法听到寒夜中不断加重的咳嗽声。若在巴黎遇到一场葬礼，您会脱帽致敬；而在这里，我们会躲起来，甚至在路过墓地时都会扭过头去。也许明天，当我们试图欢笑与舞蹈时，会听到远处有人正为垂死者哭泣。他死于和我同样的疾病；而我，在平常的日子里，为何能躲过这样的命运？聚集在世界的这个角落里，我们自问："该轮到谁了？"在这里，在时光的虚无中，在每个人为逃避痛苦所作的垂死挣扎中，我们能感受到人生全部的悲剧，哭喊着："为什么？为什么？"

如果我能让您体验一下这个悲剧，您一定会急于忘却它；为了让自己安心，您会同所有健康的人一样，轻描淡写地提起我们受苦的地方：并没有像人们说的那么糟。我不会对您说什么。但请您离开我：您不能再与我一起。让我独自痛苦，让我自己痊愈，让我一个人。请不要认为以友谊取代爱情能安慰我；这或许只有当我不再痛苦时才有用。但我仍在痛苦中；当我痛苦时，我要头也不回地远远离开。不要让我回头再看您，不要远远地陪伴我。请离开我。

一九三〇年十二月二十四日

我知道今天会收到您的信，正如知道八天后会收到您的另一封信，为了祝我新年祝乐。我将这封信揉作一团，扔进垃圾桶。我感到如释重负。

然而，我说不出什么反驳的话；我应该给您回信，向您致谢，并以友谊作为回应：但我做不到。您的信十分优美，显得我或许有些小心眼……但没有任何信比您这封信更伤害我，让我如此激烈地要远离您。

我不会给您回信，因为我要忘了您。对我而言，每一个留有您字迹的信封都是一种折磨；每一句我应该写给您的话都是一场挣扎；我只能对您说些陈词滥调，一想到过去，爱过的心就会一阵刺痛；我会想方设法打探您的生活，并感到难过：我不想如此。

我不会给您回信，因为您对往事的叙述使我愤怒。使我感到羞辱的不是您的婚事，而是我自以为对您而言是比任何男人、情人和妻子更为亲密的朋友。在我看来，我俩的感情是特殊的，我能够容忍您逐渐坦白心中滋生的另一份爱情。可是您表现得跟其他人一样。您追究我犯的错，别的却闭口不提；您难道还需要说服自己不再爱我是正确的决定吗？您决定结婚，并通知了我；在告诉我这个消息时，您就忘记了我的缺点，想起我的优点，恳请我继续爱您。但您很清楚，如同这几个月您反复告诉我的，我天性极其自私，脾气又极坏：在您面前我无须掩饰自己。对于我，仅仅对于我而言，我俩的关系最好彻底了断：现在您再也不能给予任何我想要的。

您早上那封信正是我需要的。我开始忘记曾经遭受的痛苦；我想要“回头”；内心的爱会故意闭上眼睛，编造出借口，用爱情破碎后的藕断丝连来自我哄骗与自我满足。我们仍在等待一封来信；期盼能在一次探视中找回过去的幻影；门开时会心跳不已；握手所带来的悸动仿若从前的吻；小心珍藏他带来的一朵玫瑰；一句平淡的夸赞好似忏悔的告白。而后魔力消失，我们彼此深知这一切都是虚妄。如柔韧的藤蔓正死命攀附着，将人囚禁在已消逝的过去中，令人无力行动，无力生活。

如果我不曾爱过您，我会有能力面对您；当我不再爱您，我或许会去见您；但此刻，我不想。

我不要您时过境迁后的情话。今晚我不需要您用爱怜的声音来哄我入睡，因为您伤害了我。人若要试图抱住一只被他弄伤的猫，猫会抓人然后逃跑；不要试图将我留住。

我不喜欢您的安慰，不喜欢您的祝福，不喜欢您把我想象成悲惨的模样，然后用信中热烈的词句努力证明您了解我的痛苦，感觉就在我身边。您不再知道在我身边是何感觉。我笑着看您表达“您的关爱”；眼前浮现出“宝贝”脸上愤怒与痛苦的神情：那是当您还爱着我，听我说起对您的关爱时的反应。您祝福我，而我能想象您正试图帮我物色一位丈夫，一个能安慰我的爱人。

您认为我的圣诞节会过得很悲伤，想来安慰我。哦不！我不要您的抚慰，只要我愿意，圣诞节就不会悲伤。我将您的信揉作一团，备感解脱。我用这个举动来摆脱您的抚慰，以及过去让人昏沉的泥沼。我重燃起斗志，准备勇敢面对没有您的生活；没有您的生活或许会更好；它是新的……将来填满它的，仍会是同样的细节；它不会更好……它仍在等待。但是我若留在您身旁，延续过去生活的幻影，又有何意义呢？这就如同失去信仰的宗教；我需要找到新的信仰：您的存在会妨碍我找到它。我会感到快乐；没有什么好让您来安慰的。圣诞节到了！

今夜有舞会。餐厅已挂上鲜艳的彩带。病人们尽可能地根据外貌配成一对对，众人聚在装点着鲜花的大餐桌前。我们跳舞直至深夜。我玩得很开心，感到从前的疯狂与浪漫又回来了。我看着自己的动作；我知道这种正常生活可能对身体造成的影响……但我仍旧让自己玩得尽兴。谁知道，或许病魔会与我暂时休战呢！它也应当不时地休息一下，比如礼拜日与节日……这些日子里，我能活得像从前一样。明天，我们将重归病人严酷的生活：与病魔抗争。但今晚能尽情欢笑真好，对肺部破裂的隐忧也惊人地消失了。能畅饮香槟真好，脸颊因此而发光；或许部分是因为充血，但我不在乎：今晚是不会咳血的。能跳舞真好！我们能充满活力地站立、起身、坐下。在近乎神圣的幸福中，身体找回了足以贴近舞伴的柔软弧度，灵巧地放任自己与另一具身体的动作结合，并伴随这些动作，如影子般服帖、轻盈。在身体跟随节奏舞动时，孕育出另一个生命；世界将这里，将胸部的中央变成它的中心，乐器的清亮韵律与脚踝的灵活扭动都汇集于此。

舞蹈，是最幸福的生命律动；以为无法再跳舞却仍跳起舞来，是一次胜利。

伴随这韵律我有了一点点醉意，今夜的舞伴一直陪我回到我的房门前，明早他就会忘记这个夜晚；我们在一个吻之后分别，没有说一句话。

Autres Textes

补遗

弗拉曼克的雪

莫里斯·德·弗拉曼克的《雪景》，画面很简单：冬天，小城里的一条小路。这是几点钟的光景？浅灰色的云朵布满天空、仅露出几缕惨淡的白色微光，这很难让人分辨出时刻。它可以是任何一片天空，艺术家捕捉的画面并非独一无二，后人也并非无法亲见。相反这是一片我们都看到过、且仍会看到的天空。但艺术家既表达出了他面对此景时的所思，又替我们道出了看到它、感受它时的所想。整幅画有种不适感；灰色与白色的反光令人不安。人们看到了只觉得冷，盼着鹅毛大雪快降下来，好顺畅地呼吸；不似此刻般压抑，没有一丝缓和的迹象。

小城本身也是压抑的。大城市不会如此：它能掩饰冬天。高楼、人群和灯光足以使人忽视冬天带来的变化。而乡村的冬天太过平常。明信片上净是这样的画面：一间小屋，两米厚的积雪，一对打扮成“圣诞老人”的孩童；角落里有时还挂着槲寄生或冬青枝。

他，弗拉曼克，选择了外省地区一座普通的小城。

在这座小城中与压抑暗淡的天空最为相称的一个街区，画家描绘出了邮电局的楼，他不仅用白色字母拼出了机构全名，还画上了电线杆和电线。有什么是比邮局更缺乏诗意的呢？随处可见的窗，随处可见的门，以及“破旧政府机构”的惯常色调。在这座建筑对面，是更具城市特色也更为破旧的东西：一块公路里程碑与一盏煤气灯。道路不断升高，两个人在路途中相遇。这一切都没有色彩：只有灰、黑、白，白色尤其多。到处都是雪，而雪的色调如此丰富，令事物的面貌与情绪不断变幻。屋顶与窗沿上的雪可以说透着“腐烂”的颜色；既没有厚得白茫茫一片，又不是薄薄一层，干干净净的。这样的雪很难融化；在很少下雪的外省小城，窗子外街对面的房屋上，就是这样的雪，够人们凝望好些天。这种雪会给空气添上一层灰黄，使我们的房间弥散着感冒病房般的氛围。街对面的房屋几乎变了模样：它在人们眼中如同一件不知为何被放到那儿的新事物。而街上的雪也有一种特殊的白。溪水融化了雪，又卷走了岸边积雪，水流变得浑浊。行人的脚在雪地里留下丑陋的灰洞。为了防滑，人行道上撒了盐和煤渣，把雪染成了可悲而难看的颜色。它大概在抗议这一待遇。煤气灯上的雪则积在一侧，由于盖在黑色之上，显出不太纯粹的白。

画中的两个人在周遭环境的衬托下并不起眼。他们为寒冷中的相遇而开心，聊着天气多么冷，雪中行路多么困难。

触动我们的难道不是弗拉曼克另类的浪漫主义？这种借物抒情的手法，就应当被称作浪漫主义。这幅雪景是平常的；然而有人就生活于此。诚然这不是一群心怀远大理想的人。在这座外省小城丑陋的房屋里，在这些雪造成的黑色窗户与灰色墙壁之后，并没有杰出的灵魂。但在这个平凡的邮局中有人与人的相遇：他们对生活时有不满，但当他们热情微笑着打招呼，当他们的衣裳冒着收发室大暖炉带来的热气，当他们严肃地讨论天气时，会透出浓浓的人情味；这些人的内心深处都怀揣着爱、善意和生命力。在被对面屋顶上的积雪照亮的感冒病房里，正燃着外面看不到的炉火。街角的煤气灯映照着外省小城的生活，枯燥、平庸，但仍是生活的一种。乘火车路过时，谁不曾幻想煤气灯下这孤独小城的模样？谁不曾涌上一刻冲动，怀着好奇心下车去解开这座城市的谜团？

弗拉曼克是浪漫的，但是是以他独有的方式。他选择了不讨人喜欢的主题——小人物们；并通过灰白色调的变化，给道路与房屋画上了灵魂。他激发我们的想象，调动我们的感情，引发我们对相似场景的回忆。而他没有画的，我们来补充，为我们与画作之间达成的默契，为我们因懒惰或软弱而模糊沉默的回忆终于找到了恰当的语言感到欣喜。

藤田嗣治的猫

它独坐在书桌上，于一幅木质画框中。看上去对这个房间很熟悉。有人走过时，它会把眼睛睁大，黄眼珠一动不动，仿佛在说："看着我。"这实在有些意外，猫很少会以命令的方式引人注意。因为猫知道人们总会来看它；当有人靠近时，若是没害怕得立即转身逃走，它就会对来客爱搭不理。片刻之后，发出轻微的呼噜声，或是不拘礼节地舒展四肢打个大大的哈欠，再度挂上漠不关心的表情。有时，它也会出乎意料地跑到人腿边磨蹭。

但这只猫端坐着；一身漂亮的白毛上点缀有四块黑褐色的斑。漂亮的尾巴蜷成一道美妙的圆弧，自然地摆在身前，形成它的美貌不可或缺的一部分。其实，猫的尾巴透露着它的身份：瘦而直的尾巴属于混种土猫，而形似羽饰的柔软尾巴，则属于富裕人家的名贵品种。这只猫的尾巴应当很软，因为它的弧线如此完美。尾巴上的毛也十分浓密。藤田嗣治用极细的画笔，勾勒出根根分明的细毛；看似随意堆砌，却组合恰当，兼具立体感与层次感。仔细观察其中一根毛的线条，会发现根本找不到它的起点与终点。线条以失真的方式向外延伸，模拟出一根末端极细的长毛，像安哥拉猫身上的那种。当手指靠近这只猫，只是稍稍触碰，就能感受到几根毛发尾端温柔的阻力；不知尽头在何处。而线条的另一端，则消失在身体内侧轻柔的白色绒毛深处。画面上只有一层薄薄的暗白或淡灰色颜料；但从精细的线条中可以看出绒毛的柔滑与浓密，覆盖其下的尾巴仅能勉强辨出形状。线条勾勒出了想象中的体积，呈现出人造的层次感。倒竖的线条描画出背脊，呈环状排列的线条则绘出猫脖子上三层柔软的白色颈毛。最有表现力的要属身体两侧与肚子上的线条。起初我没从画面上辨识出来；但一条模糊的线勾出地板边缘，一堆细线形成阴影，共同组成一块细软绒毛，如此生动诱人，令人只想伸手抚摸个不停。在这柔滑、温暖的绒毛之下，感受一只被精心喂养的猫结实又柔软的身体。面对如此活生生的猫，我们通常无法克制这么做的冲动。猫的魅力如触电般无法抗拒；我们一点点陶醉其中，直到猫忽地生起气来，发出低吼，冷不丁挠人一道或咬人一口。这只画中猫几乎与真实的猫有同样的魅力。

它的爪子非常漂亮。也简单似孩子的涂鸦。一条弧线勾勒出爪背，一些细圆线划分出指头，足以给人有力又柔软的感受。除此之外没有其他细节，使爪子看上去有些笨拙与孤立。我们好似能有幸拿起一只，摸到大脚趾与二脚趾相连处一小块坚实的肉，将其从上向下移动，而不用担心它僵直身子或伸出爪尖。这些趾间的细线恰好呈现出爪子的紧张蜷缩，但似乎很快就能放松下来。一条单线模糊地描出爪子的外轮廓，引人猜想其肌肉的强健。后爪上，线条粗略勾出的坚韧肌腱定能做出惊人的弹跳。

我的目光回到猫的脑袋与眼睛，对这里，藤田嗣治不是给出暗示，而是在强调每一处细节。几道巧妙的黑色粗线条勾勒出又长又直的胡须；其中一条断了一半，因为所有懂得自重的猫都有一根断胡须。还有两条黑色粗线描出了又长又浓的黑眉毛，只不过这两条线不再是直的。猫的耳朵竖着，露出一层细腻的绒毛。眼睛部分笔法干净，呈现出一种奇怪的凝视。这地方令我感到有些突兀；我们很少有机会长时间与猫瞪着的双眼对视：它们的眼睛大小与神情时刻在变化。画家在这儿捕捉到了其中的一刻：当猫看到引起它兴趣的未知事物时；它没有理由感到害怕，或流露任何其他的感情。这只猫像是看到了画家使用的各式各样的工具，正纳闷要发生什么。画面实质上只记录时刻变化的目光中固定的一帧，因此使人略感尴尬与惊讶。总之，这是一只正好奇张望的猫。画面之干净让人想起硬纸板做成的逼真假人。它凝固的目光仿佛自尊被冒犯时般严肃。一层厚重颜料涂抹出的黄色大眼珠则使人想起印度神像的红宝石眼睛，冷漠而残酷。但我想这些都不重要。

这是一只漂亮的猫，大概是外国品种，毛色层层晕染。它精力充沛、无可挑剔，漂亮得给人以距离感。出于对其美貌的尊重，画家用谨慎——甚至近乎节制——的笔触，轻绘出它的轮廓。颜色对他而言并不重要：他似乎担心色彩会破坏猫身的轻盈优雅；毛发不应被颜料粘住，否则便无法表现出蓬松的质感。画家的节制为猫添上一个疏离的光环，将其置于无法触碰的空间中，永葆不可侵犯的美。

基斯林的戴手套的女人

这是一幅暗淡的画，挂在走廊尽头，笼罩着一圈金光。与周围鲜艳的色块构成强烈对比。

基斯林的这幅画带着点儿宗教般的神秘魅力。它并非俄罗斯风格——至少不是我们通常看到的俄罗斯风格：丰富的色块欢快地融合在一起——却让我想起圣像。画中女人用一方长披肩裹住了头部与上半身，正如不少画作中的圣母玛利亚。披肩的质地看上去十分柔软：像是厚重的绸缎织成。几处金色刺绣泛着光晕，而女人额头上的一缕金发，恰好与金光相呼应。大概就是这几抹金色让我联想到了俄国的圣母像。这块黑漆似的披肩，让人不禁猜想画家是否采用了某种致密材料，待凝固后呈现光亮平滑的效果。但这块披肩并不给人僵硬感。褶皱都完整无损。织物虽遮挡了人物，却不影响她的生动，甚至使她更为生动。只有在温暖的身体上，披肩才能如画中这般柔软；覆盖在一座雕塑或一幅画框上的布，即使本身质地再软，也只会显得僵硬。而画中这具身躯是鲜活的，充满感情与渴望。披肩与身体融为一体，尽管画面上是看似冰冷的颜料，带给人的联想却是温暖而柔和的：它从肩膀自然地垂落至膝盖；很熟悉被其包裹的身体：似乎每天都会自然地呈现同样的褶皱。它怎能不染上一丝女人身上的香气呢？真想触碰它、抚摸它，被它包裹其中。

这些话听上去可能会有些奇怪，因为我原本说画中女子像一位圣母。在仔细观察之后，她给人的感觉却与最初有所不同了。

她脸色苍白，嘴唇紧闭，一缕浓发下的双眼目光冷峻。这不是圣母的面庞；它有着同样的椭圆脸型，但没有圣母脸上那种纯洁或痛苦的表情。她的神情难以捉摸，眼睛与嘴唇在诉说着什么？……痛苦的缄默？恶意？那抹金发也令人不安。与披肩的画法相似，是一块黄色颜料，厚重而诱人。乍一看，给人以头戴光环的错觉。再一看，她只是个梳着精致的、“凡人的”金发的妇人。这发丝如此醒目，让人无法忽视。

同样醒目的还有她的手套，在整体画面中有些突兀。手套戴在妇人的一只手上，却像是独立于她的存在，或者说，这只套在手上又软又厚的皮手套是如此生动，以至于也像是活了过来。它并非紧裹着手：手指应当还有不小的活动余地。它略显臃肿，对知情者透露着每天的命运、缺憾与渴望。灰色颜料涂抹的手套显得异乎寻常地大，但光影塑造出鲜明的立体感：在黑裙的衬托下尤为突兀。

此外，画家让妇人露出了裙下的腿，这让我感到困惑，并彻底忘掉了圣像。圣母的衣裙会从头垂至脚，因而我们不可能清楚地看到撩起的裙角下交叉着的双腿这样唐突的画面。腿画得很好，或许稍有些粗，苍白的肤色不知为何让我觉得她是穿了人造丝的长筒袜。现在我再也找不到圣母的痕迹了，我几乎联想到“风尘女子”。画中的膝盖格外刺眼。我并不遗憾这不是圣母，我其实更喜欢黑衣包裹下的身份不明的女子。但我想将她的裙角稍稍放下来一点儿，遮住一部分腿。这双腿并不优雅：不像其他的地方。

优雅正是基斯林画作的杰出之处。它从阴暗的色调与独特的细节中不断散发出来，比如暗色调上点缀的金色，再比如一张苍白的脸和一只惨白的手套。画面上没有多少色彩，却有别于单色画的单调。画家是如此用心地处理每个细节，画面上绝没有任何污点与缺陷：他细致地润色、上漆、完成杰作。然而他忘了赋予画作一个意图。这层漆光抹去了画面的个性。画家消失了，主题也在画外，画面只为自身存在，没有深意。从某个角度看，这种非个性化不正是一种优雅吗？这位女子被神秘笼罩：我们不知道她象征着什么，只能好奇地猜测、想象……然后我们不再追问，沉浸在基斯林这幅画作冷淡的魅力里。

优雅、神秘，这是当我看到基斯林的画作时常想到的词。这个拿着花束、噘起嘴唇的女孩是怎样的人呢，一个可怜的小东西，还是一个妓女？画面如此神秘，又如此精致，不让我们追问太多。曾引起强烈反响的、蓝褐色块绘成的《荷兰男人与女人》肖像也给我同样的印象。画家将自己的意图——如果他有意图的话——藏在了精雕细琢的优雅画面背后。我们不舍地告别《戴手套的女人》，将这幅暗淡的画面，同其他不知为何挑选的画一道，存入善忘的记忆中。

最后的晚餐

谈论列奥纳多·达·芬奇的《最后的晚餐》听上去可能有些奇怪。这幅壁画早已被分析得如此透彻，一个普通人再来发表观点就天真得可笑了。然而，在我有关意大利的回忆中，参观圣玛利亚修道院及其带来的启发最为清晰。走进这座修道院时，我还是高中生，对艺术史课上的内容记忆犹新。在课上看到《最后的晚餐》的复制品时，那些小小的黑色人影并未激发我任何的情感；在我看来他们就像棋盘上的棋子。关于他们的评论与分析听得越多，就越是无动于衷。我会虔诚地谈论这幅画，但并不喜欢它，我从中看不到任何人性。究其原因，一方面我怀有学生式的好奇，另一方面却担心亲眼欣赏也无法令自己信服它的伟大。

走进修道院的泥土屋子时，我想起了谷物交易所；这里是圣玛利亚修道院的食堂。我首先看到的是一群游客，其中有一对双胞胎和一位向导；一些胡乱涂鸦的画作放在画架上，面前站着位难以分辨性别的人，看上去像在瞎画。右侧，一幅色彩鲜艳的壁画上绘着一群姿态僵硬的拜占庭式人物，像是《最后的晚餐》的复制品。我不敢直视《最后的晚餐》原作，心咚咚直跳，想着如果它也不能唤起我的任何感受，那么这丝希望就将彻底破灭。我鼓起勇气，把头转向左侧，它便占据了我全部的视线。一下子，整间屋子连同我学生时代的记忆，都消失了。

我的目光无法从耶稣身上挪开。我仿佛第一次感受到这位神、这位男子的神圣，感受到他的功业之伟大，和失败之必然。

他的微笑与眼神流露出幻灭。他刚说完牺牲与赎罪的妙言："你们拿去吃吧，这是我的身体。""你们拿去喝吧，这是我的血。”他感到孤独，因为他知道没有人真的听懂。他摊开双手，怀着悲伤的淳朴分享圣餐。没有任何宣教的动作或命令的神态，没有诱惑、说服或断言之意。他眼睛低垂，没看向任何人，而是布满希望消失后的虚空：他面容疲倦、苦涩，像是失去了信仰。在这里我们感受不到上帝的存在；他缺席了。他应当来这里，给其子以信心，给人类以光明，帮助他们理解自己，或只是相信自己。然而上帝留在了天堂，在窗外隐隐一抹天空之上。

来到人间的是耶稣，他孤身一人。列奥纳多·达·芬奇将耶稣置于壁画中央，两侧各有一群门徒：然而没有一个人与他一道……新娘般天真的约翰头朝向身旁同伴，身上仿佛闪烁着奥义的圣光：不知出于什么原因，他很可能是耶稣最喜爱的门徒；他感受到了爱，却没有将其参透或征服。他被偏爱，并自信知晓了奥义，笑容透露着满足；然而在应当跪在耶稣面前表达崇拜之时，他过于放任了。聪明的彼得不会如此放肆，他手指耶稣，在约翰耳边授以忠言。犹大在一旁听着，眼睛抬起，凝固的神情让人感觉他几乎触及奥义；他之后的反应与常人无异，然而这一刻，他似乎感受到了什么。勇敢的安德烈满是不解：垂暮之年的他还从未经历过类似之事。相貌英勇的小雅各思绪已飘去应许之地，看上去勇敢而快乐；他并无恶意，只是认为这一切荒唐可笑。巴多罗买更加粗犷，也更接近奥义，他注视着耶稣：即便无法理解对方，仍感到自己理应配合。其他门徒则表现出一致的惊愕：腓力似乎在本能地向耶稣表达自己的忠心，然而他有如忏悔女子的神情无法抚慰后者的痛苦。雅各毫不掩饰他天真的惊讶。而多马举起手指，像要指责什么；他或许在请求耶稣对这番莫名其妙的话做出理性的解释；如果是耶稣糊涂了，他大概会大笑起来。餐桌的另一端，马太、达太与西门在交谈；年轻的马太神情激动，像在争取长者们的认同。西门试图解释，而达太完全找不到恰当的言辞；这该如何相信？他的信念根基也无法给他任何支持。

人类无法孕育出耶稣的天赋。耶稣给世间带来了爱，还有良善与牺牲。有谁教给过人类爱与善呢？圣经中的上帝高高在上，没能使这些感情深入人心。人类将他比作愤怒的化身，只知施行惩戒；而人只能颤抖着俯伏敬拜；即使这样，仍不知他的愤怒是否会再次降临。由于找不到其他幸福的源头，我们只求专注于生活中的鸡毛蒜皮，以避开他的注意；那些过着苦行生活的人，似乎也没能得到上天恩宠。人类无法自己创造出爱。他们的爱，总是渴求着回应，不懂何为纯粹的爱。耶稣带来了这种爱；然而人类并不知道，自己像其他人一样，也在嘲笑与己不同的人。在缺乏爱的上帝与缺乏善意的人类之间，耶稣注定无法成功。我从未见过比列奥纳多的《最后的晚餐》中更打动人心的耶稣。在剥落的颜料、长满霉斑的面部下，他仍是一个美好理想在人间倒塌的象征。如果抹去他的形象，整张画展现的就不过是一群酒徒在小酒馆中讨论着掷骰子结果多么出人意料；耶稣是天才的赌徒还是糟糕的输家呢？而这一群没有担当的人，表现有如一帮庸众！他们傻笑着；

耶稣是唯一被这笑声打败的人。

如同被一层将其隔绝、同时也保护着他的面纱笼罩，耶稣心怀悲伤。这是令人心碎的悲伤；但由于他已全然领会，并未被这情绪俘虏；他等待着，哪怕只是一丝爱的表示，他的面容便可恢复神采。尽管腐蚀严重，但这位光彩照人的形象身上（他真的散发着光辉，仿佛达·芬奇在画笔中掺入了某种神圣的光芒），仍流露出无限的仁慈，这仁慈给人以启示，这仁慈令人热泪盈眶。

无限的悲伤，无限的仁慈……怎能不热爱这位男子、这位神呢？怎能不生出像他一样坚持下去的高傲勇气，直面悲伤、背弃与死亡呢？

达·芬奇看透了耶稣之爱的力量与悲怆；这间食堂中的修道士，感受到了这份无人回应的爱和绝望的感召吗？今天再次翻开我的艺术史课本；心头一紧，画中人物再次变回了棋子。但慢慢地，壁画褪去的颜色逐渐浮现，停留在耶稣身上。我感受到他面庞上令人心碎的光辉。将耶稣派到人间的，是一位超越我们狭隘想象的上帝吗？圣经中的上帝是我们依据自身形象的创造，而真正的上帝，心怀爱与善的上帝，为何没有给我们以启示呢？

关于父母

玛塞尔坐在客厅的长沙发上。沙发裹着一层绿色的棱纹平布。她去年生病时，常躺在沙发上测体温，这层粗布令她很不舒服：但她没有一天不坐在这儿，从未试着垫上一块更柔软的布；只是忍受着这不适，如同在用苦行赎罪，隐隐地盼着这样能让体温计上的数字降下去。房间里摆放着她自己的照片，照片中古怪的眼神直盯着这间房里每一位来客。如今玛塞尔不再像个大病未愈的人似的躺着了，她先是坐在沙发边缘，双手撑在沙发布上；只有等到疲于维持这僵硬的坐姿时，才愿意平躺一小会儿，触碰到葬礼花圈上坚硬冰冷的刺。房间里阴森森的：带耶稣像的十字架两侧各燃着一支蜡烛。这一幕如爱伦·坡的小说般压抑而奇特，房间中央是一具敞开的棺木，她的父亲正在此长眠。

父亲的死令玛塞尔感到恐惧。“恐惧”是最准确的形容词。太平间里站在父亲的棺木前，她不禁后退：几乎不敢亲吻他的额头，甚至惊慌地逃了出来，几分钟后才鼓足勇气回来。她很害怕。她知道一具尸体不能做什么，即使能，父亲也绝不会伤害她。但直到父亲的遗体被搬回家，她的恐惧才消失；但棺木及其黑暗仍给她强烈的触动。她记得母亲去世时并未有过类似感受。所有她可能经历过的寻常的恐惧都消失了，然而今天，为何它们又回来了呢？

玛塞尔寻觅着最轻微的声响，并为之战栗；一种疯狂、热烈又寒冷的恐惧攫住了她：如果被葬时他还没有死呢！……棺木中的他看上去一点儿也不像死去的人！一阵同样疯狂的希望扰乱了她的心跳：如果他醒过来怎么办？每隔一分钟她就要坐直身子，靠近死者的面庞，用低沉的声音呼唤：爹地，爹地，爹地……从前在乡下时她就会这么做。当在漫漫长夜里失眠时，黑暗中一片寂静，父亲的房间里感受不到一丝生命的迹象；她的脉搏会变激动，然后悄悄溜到父亲床边，照亮他的脸，喊着“爹地，爹地……”一个沉睡中的声音回应道：“怎么啦？”一下子，玛塞尔的焦虑消失了，她为自己的想法感到羞愧，不愿父亲知道自己这么做的原因；她用疲惫而伤感的声调像平常那样答道：“没什么。”父亲此时已经完全醒过来，痛心地问道：“你还没睡着吗？”她突出了声音中的疲惫，几乎带上责备的语调：“没。”“去躺下吧。”他说。他深知失眠无药可医，便不再试图安慰、埋怨或劝导她。他像念咒语般说了句“躺下吧”；这话听上去幼稚而无用，却是最有效的：它很简单；随之而来的是沉默，父亲无力的悲伤让玛塞尔明白他对她感同身受。她再度躺下，比之前平静了些。在依然无眠的几小时里，她揣测着父亲的想法。在别人看来，玛塞尔大概是一个被宠坏了的任性孩子，自己睡不着就要去叫醒父亲；父亲也大可斥责她不要再这么做。但他似乎不这么想：他为女儿总是睡不着而烦恼，或许还为她叫醒自己而高兴，因为独自失眠的她实在是孤单。他只会想到：为失眠而不安的她，要靠近眼中可靠、稳重、持久的生命来取暖；他大概从未想过女儿会以为他死了。

现在，她靠近棺木，反复叫着“爹地，爹地……”却再也不会有回答。这具随时愿为她效劳的躯体如今出乎意料的无力，这对玛塞尔来说太过残忍。她渴望一个依靠，却发现再也没有什么可依靠。曾在生活中不自觉地给她安全感的力量，她的父母，都已不在了。她感到彻彻底底地孤独；她觉得冷；她像孩子似的大声抽泣，重又坐回到沙发上。某个童年片段忽地涌上心头：“爹地，给我做个小缝纫机吧。”

母亲渴望拥有一个理想中的孩子，父亲则认为自己的孩子就是理想的化身。

她对这件事只留着些模糊的记忆。听了父母的讲述，她已分不清这些记忆是原始的还是想象的。她看到自己坐在从前公寓的饭厅里，煤气灯亮着：让人很舒服。看着母亲在用缝纫机做活，便也想要一个与自己个头相称的缝纫机。她对父亲说："爹地，给我做个小缝纫机吧。"丝毫不怀疑父亲会默许她想要的东西。然而父亲哈哈大笑，好像这个要求"太夸张了"，并含有"真的吗？"的怀疑意味；她惊讶极了。母亲也笑了，说她总是提出这么奇怪的要求，很难伺候。玛塞尔不知所措，无法理解。

她那时太小了，不理解父母的笑，可能是被她天真的信任所感动。

她同样不理解的是，此后每当她提出一个有点儿疯狂的请求，母亲都会说："就像之前那回，她要爸爸给她做一个小缝纫机。”这个请求有什么奇怪的？难道父亲不是万能的吗？她天真地以为父母手中藏着所有的奇迹：只要向他们提出请求就能得到。她可是有很多证据的！每个早晨或傍晚，父亲都会给她带回来一件心仪之物：一块奶油面包、一颗果仁夹心糖、一个玩具、一本书。有时她自己都不记得想要这件东西了。但如果父亲偶尔忘了她的请求，她就会泪如泉涌；好像他辜负了自己的信任。一天晚上，父亲甚至不得不重新整装出门，去给她买一种用来绣花鸟的打孔纸。当终于拿到渴盼已久的纸，她却一脸严肃，看上去很失望。实际上，她将这精美的白纸小心翼翼收好，偶尔才拿出来欣赏一番，但始终不敢用，因为她把这当作对父亲赔罪的方式。然而她不做任何解释，这在旁人看来就成了一个被宠坏的孩子的任性之举。正是这样一段往事：应当还有其他事；太难说清，又太难让人理解。

她的父亲会做很多小玩意：装杂货的纸盒、有盖子的漂亮小方盒、小雨伞、纸板或薄木板做成的衣橱和椅子。他不亲自出手时，还会让自己的学生来做。用他的话说："有什么不能为'自己的小女儿'做的呢？"有时她什么都不用说，或只说了句"我想要"；父亲虽不多问，但当天晚上或第二天定会神情有些庄重地把一件东西放到她面前。这是她想要的吗？如果他弄错了，便会面露歉意，看上去懊恼不已，他的悲伤自然会吓到她。她真后悔这件东西不是她正好想要的：不然她应当很高兴，也让他开心；但是她不知如何补救。只会说"没关系"，反倒令父亲更加苦恼："没关系"是出于无奈，但他不想让女儿感到无奈。她像在赌气，一脸要哭出来的表情。又一次证明了自己难以取悦；是的，但这样难过是因为她的失望给父母造成的痛苦比给自己的更多。她慢慢喜欢上了这件"罪魁祸首"，以至于当父母用另一件她正好想要的礼物来换走它时，她甚至觉得可惜。

父母自始至终没有一刻改变过对她的宠爱。就在几年前，父亲还曾花上一小时在城里为她找寻一朵能插进扣眼的新鲜玫瑰；她备课时需要些历史资料，他便会跑去办公室拿回来一个笔记本，一言不发地摊开到其中一页，上面写满她想了解的全部信息。他从没要求过一句感谢，即便在她还小的时候；只要看到她高兴得跳起来，他便满足地迈着均匀的碎步悄然走开。

母亲同样善于满足她的愿望。父母会给她一切。向父母提出要求过分吗？大概不过分，过分的是当她没有得到想要的东西时便又哭又闹，或是当她明白父母做不到时依然强求。

爹地、妈咪，玛塞尔沿用了孩提时代对父母的称呼。他们身怀奇迹。她快乐时，他们是喝彩；苦恼时，他们是牧师；痛苦时，他们是镇痛剂；他们比“父亲”“母亲”更具魔力。出于羞耻感，当向别人提起父母时，她会说“我的父亲”，但这只是为了显得得体。她怕别人听到“爹地”“妈咪”会笑话她：她为自己沿用了小孩子的词汇而尴尬。

父亲、母亲不过是一种身份；而爹地、妈咪是孩子终日一遍遍的呼喊，与终生回响在心中的呼唤。

玛塞尔每分钟都在喊“妈咪”，哭着喊，跺着脚喊，赌着气喊，兴奋地蹦跶着也喊。只要妈咪听到了，她便心满意足；只要妈咪知晓了，她的疼痛就会消失。她也不知道为什么，但就是如此。当妈咪说“一个小时后就不会疼了”时，这个信赖妈咪的乖孩子便会在原地等待一颗牙的疼痛过去。“妈咪，一个小时到了吗？”“还没呢，但快了。”果然，疼痛消失了。这个词散发出微妙的芬芳，具有奇特、强烈的功效，让她想起母亲苍白的小脸，和那双温柔又美丽的褐色眼睛。她最后一次见到母亲时就是这副模样。她曾经历一段痛不欲生的爱情，骄傲的她藏起这份痛苦。她不愿对父亲提起，假使母亲仍健在，也不愿告诉母亲。然而夜里，当她躺在床上，将脸埋进枕头，却轻轻唤起了："妈咪！"绝望随着眼泪流下来；她想要诅咒、惩罚、报复。死去的"妈咪"对她心中所有矛盾的冲动都予以肯定。这些本身并无任何含义的音节，连在一块由嘴唇轻声送出，如同一具失去一切的灵魂最后的申诉，抑或幼稚的祈祷。当一切不复存在；当我们的灵魂屡受打击，如遭受肉体的疼痛般走向枯竭，呻吟着在虚无中继续挣扎时，爹地、妈咪这两个词依然有效。痛苦在这一刻暂停了；我们等待着奇迹，就像小时候等待牙疼的消失。当这两个词与两个生者联系在一起时，我们是强大的。面对生活的苦痛、他人的嘲笑……我们还有爹地和妈咪。他们不会制造痛苦，不会嘲笑：他们说起世上所有的不公，道出所有的谎言：我们知道这些都不是真的；但没关系；我们相信爹地、妈咪的话。不倾诉，只是待在他们身边就足够了。或许他们不能理解我们，或者说我们无法被理解，但内心深处我们知道这不是真的。

他们会永远站在你这边，与你一道迎接一切，对抗一切。

玛塞尔时时刻刻清楚地感觉到父母带给她的力量。

小时候她总是不愿离开妈咪。有次妈咪带她去一个花园跟小朋友们玩，偌大的花园有时绽放着世上所有的奇迹。然而玛塞尔忽然感到一阵寒气，阳光也变暗了；是妈咪悄声离开了，她本想着在孩子察觉之前回来。一阵不安涌上玛塞尔的心头。她鼓起勇气,希望表现得像个“大人”，强迫自己继续玩耍；但总感到少了点儿什么……一切都变得不一样了；旁边的人看起来都像坏人，她使劲大笑，或无端生起气来，好掩饰快掉下来的眼泪，又或是变得不同寻常的安静。突然间，她一言不发地独自跑向家中，回到妈咪的怀抱。这下子，人们看起来就没那么坏了。

奇怪的是，尽管长大后的生活无拘无束，玛塞尔仍强烈地依恋着父母。然而，父母对此全然不知。而她感到他们是她生活的牢靠支点：他们是不变的爱，是可以无止境提出要求的对象，是使她能够在寂静中大胆抛开所有想法与逻辑的家园。她需要不断地回到他们身边。她曾满怀欣喜地离开意大利，为能见到独自留在乡下家中的父亲。她知道一旦回到家她又将感到无聊，甚至后悔……然而她还是想要回来。

动身前往科西嘉岛前，她昏倒了。病中的她发着高烧，不知道自己想要什么。她给父亲写了一堆疯狂的信，写完便后悔了。夜里，她被一些执念折磨；它们化作具象侵袭她的梦境。一天早上，父亲发来一张电报："我来了。"一阵狂喜驱散了她全部的病痛；宁静与甜蜜注入她的心间。然而父亲不再强壮。她去车站接他，以为会见到那个步伐稳健、面容愉快的男人。但走向她的是一位拖着碎步、驼着背、面容消瘦的老人。她什么也说不出口，当父亲询问是不是该过来时，她嘶哑着答道：“啊！是的……”这句话远不能表达她的感受。可她宁愿什么也不说。但这位虚弱的、需要她搀扶着过马路的可怜老人是她的父亲；既然他来了，她一定能够痊愈。

她的父母应当不知道他们对她的意义。她从不表达自己的感情。恋爱时，人们会问恋人：“你爱我吗？”爱情变化无常，需要每天核实以安抚永恒的不安。但她不理解有人会问她是否爱她的父母，她也从不问父母是否爱她。这两种感情在她看来如同生命一样确定无疑。当然父母在与孩子交流时也遇到过一些疑团。某个冬天的早晨，她从学校回来，在炉灶旁的一张椅子上坐下，正把脚伸到火炉前取暖。母亲突然问她：“如果我死了，你会怎样？只是哭吗？”玛塞尔什么也答不上来，一颗巨大的泪珠慢慢滚落，连她自己都没有意识到。母亲明白了她的答案，当父亲担忧地走过来时，母亲却说，是孩子不小心把自己烫伤了。玛塞尔经常被问到更爱父亲还是母亲。她答不上来，因为她真的不知道。她爱他们两个。在她眼中这个问题是种亵渎，因为她对父母的爱不应被随意谈论。这份爱出于天性，而这个话题令她尴尬。通常她只是不说话，或傻乎乎地笑，又或者突然蹦出句蠢话。有些感情是如此深厚，以至于表达出来反而显得没那么强烈。它们又是如此亲密，以至于羞涩感扼杀了表达的欲望，为要守住秘密而暗自懊恼。于是她用刺耳的声调说出古怪的话，来掩盖真正的感受。这在旁人看来是多么笨拙和冷漠啊!

于是大家总说玛塞尔冷酷无情。她接受了这一宣判，无心提出抗议，尽管她为此感到痛苦。说“不”并不能改变他人眼中的事实。她不作回答，甚至予以默许，沉浸在自己的悲伤中，逐渐变得冷酷。她自然可以在无数小事上表现得更热情、更温柔，显得她很在乎父母，来改变自己冷漠的形象。但她做不到，因为她不愿通过谄媚与谎言引人注意。如果为获得他人的感激而故作殷勤，那她的感情就不再纯粹了。只有在不知有人留意时，自然而然地流露善意才行。她对感情的纯洁性有着过分的苛求。当她想到别人将回报自己的好意时，会突然说出句蠢话，用令人不悦的话语制止所有的回报与馈赠。她还讨厌“感动”，因为它丝毫不受人控制。对于别人的感谢，她不知如何回答。她认为自己做的根本不值一提。为了免于感动，她曾故意将自己的行为曲解为自私或其他自我贬损的因素。她不习惯感动、道谢、感恩乃至所有的言辞。她的父亲生性十分敏感，但也很少表达感情。他称她为“小不点儿”，而对她母亲什么称呼都不用，连名字都不叫。当听到父亲和别人谈起她而说出她的名字时，玛塞尔会一阵激动。在平凡的日子里，在某个偶然的时刻，爱突然迸发出意外的光芒。它可以是一种语调、一个姿势、一瞥目光。一秒钟便足以带来长久的快乐。

玛塞尔穿着美丽的白色罩衫，端坐在沙发边缘。父亲在她身旁，两膝稍稍分开，一个胳膊肘支在膝盖上；他捻着胡须，这是他一直以来的习惯。客厅有些杂乱；壁炉两侧各有两小堆呈锥形的煤灰。“离别，真是伤感。”玛塞尔说。父亲目光茫然，没有开口，用鼻腔哼出“是”的音。随之而来的是沉默。

有一天，她不太清楚发生了什么。据说是她靠在四楼窗台手舞足蹈放声歌唱时，差点儿从窗户掉下去。事故本身并没给她留下深刻印象。令她难忘的是，母亲躺在客厅的沙发上，什么也不做，一动不动，玛塞尔也不敢玩耍了：这不正常。父亲回来时，她身负重任般给他开了门，默默将他带到母亲所在的房间，打开门，让他先进去。当父亲靠近母亲后，她说：“好了。”她平静多了。父亲一定能做些什么让一切恢复正常。

玛塞尔坐在地上，认真地用肥皂给木地板“打蜡”。母亲出现在她前面，白皙的双手半插在黑色小围裙的口袋中。她叫她“害人精”，埋怨她干了件“好事”。玛塞尔高高地仰起头，歪着脸，哈哈大笑。她没把这当成指责：她不知道这个滑稽的词本该使她落泪和后悔。

玛塞尔是在哥哥们死后一年来到这个世上的，她的两个年幼的哥哥在五周内先后去世。因而她的到来被视作幸福的回归。她受到万般宠爱，十分挑剔，然而在顽皮自私的外表之下，她可能比任何一个孩子都更爱自己的父母。

在她小时候，母亲不时会说要去给她买一个妹妹；一阵痛苦的嫉妒袭来，令玛塞尔瑟瑟发抖；她大喊着“不要”，并立刻变得百依百顺，好打消母亲去买妹妹的念头。她可能隐隐觉察到，如果再来一个孩子，母亲就不会那么宠她了。

她对这种想法的反抗当然是出于自己的利益，然而与那些心生嫉妒的人一样，她从中真切感受到了爱的痛苦。有一天她拒绝练钢琴，因为母亲前不久让来家里作客的另一个小女孩弹了琴。当时玛塞尔没说什么，她待在不远处一动不动地盯着看。母亲像对待女儿一样俯身靠近那个女孩，对她说着同样的话，用同样的姿势将她的手指放在琴键上。玛塞尔不愿开口，因为她知道这样只会招来责罚，进一步伤害她的自尊心。然而母亲那一模一样的姿势令她痛苦万分，她走到钢琴边胡乱敲起琴键，试图破坏这痛苦的一幕。母亲自然把她推开。玛塞尔明白了，当爱保持缄默时，嫉妒毫无用处；只有等待爱的归来，或接受它的离去。

即便孩子善变，父母将大人的悲伤注入他们心中就没事吗？这在玛塞尔身上的效果并不好；钢琴事件没令她有任何改变。她将自己关在房间，拒绝妥协，第二天练琴时她依然表现固执；尽管她知道母亲并不高兴，她自己也十分不满。

把自己关在房间是因为她不愿在各种手段的逼迫下认错。她知道自己做得不好。为什么要坚持？为什么要守着她的失败？为什么当她好起来时要表扬她？只有让她一个人待着：这样她才能平和下来……但千万不能表现出来。

这天是玛塞尔第一次圣餐礼，她对这一仪式极度虔诚。弥撒结束后她坐在教堂的门廊下，周围都是被父母推搡着的初领圣体者。玛塞尔没有动弹，神情严肃，像是自我保护般把身体裹在白色纱巾里。弥撒结束了，然而什么也没发生。她对上帝满怀的挚诚之爱只换来了一场空欢喜。她本期待会发生点儿什么：一个神迹，一次内心的震颤，一个对她的爱的回应。但什么也没有，未被顾及的爱让她仍渴望着献身；她会在什么地方得到纯粹的爱吗？她的目光越过领圣餐者们的头顶，空洞而悲伤地飘向远方，仿佛发现了生命的孤独。忽然父亲出现在她身边，脸上带着她从未见过的喜悦神情。他用双臂搂住女儿的肩膀，献上一吻。玛塞尔的心被填满了。这一天带给她的本是失望与疲惫，但父亲的吻解救了她，带她远离了先前的情绪。她此刻怀着复杂的喜悦。父亲亲吻的仿佛是另一个人：不再是个孩子，而是个令他骄傲的纯洁少女。他那时虔诚吗？不好说，但他知道女儿如今不同了，她如此美丽，触碰到了一种难以言喻的幸福；他为她骄傲，怀着感恩。而她的心还残存一丝悲伤；她如同接受父亲的安慰般，接受了他的吻；她也感到自己不再是孩子，而更像个成年女性；在她以为被上帝冷落而陷入悲伤与孤独时，父亲吻了她，问她有没有看到“妈咪”；这个吻和这个词将她带回到两个爱她胜过一切的人身旁，他们会支持她，给她安全感。她找回了喜悦与信心。父亲的吻是她放在心中的秘密：她从中体会到父母的爱所拥有的热烈、光明的力量；被这样的爱包围，她不再感到害怕。

而现在她所能呼唤的，只是这两个单词本身。夜里当脑中闪现“妈咪”的字眼，她会看到“爹地”这两个字刻在一旁。她低声呼唤这两个词，眼前浮现一座放着鲜花、刻有两行碑文的小墓碑。她知道，回答她的只有沉寂，这令她心头一紧。有时，她想宣布一个好消息，但想到再也无人倾听，喜悦马上就消散了。有时她又感到内心深处一阵剧痛。“爹地，妈咪，请让我不再痛苦。但他们已经去世，还能做什么呢？”他们活着时的力量如此强大，以至于这两个词本身也有了力量。玛塞尔知道这两个词会一直伴随她，没有人能夺去。他们将一直住在她内心深处。在玛塞尔看来，能使人相信冥间的幻象的，莫过于与这两个词联系在一起的神秘力量，尽管它们不过是一声对亡灵的呼唤。

片段

I

一九三〇年八月六日

从医院走出来时，我碰到了一位年轻的病人。我不知道她患的什么病。咯血？她赶着去看医生，像是去见救命恩人，一双大眼睛渴求着奇迹。医生说她还是个大学生，准备开始长期的学习生活。真想将她搂到怀里，好让她放声哭泣。我应该能够帮助她、照看她、与她一同学习。我想要告诉她这一切，但我不能，我也不会将这些想法付诸行动：人与人之间无法容纳这样的率性。人们不会知道，我们可能在一瞬间对他们萌发出爱意。医生都是用慈父一般的惯常口吻来安慰人。但面对如此痛苦的现实，为什么要以不确定的未来作安慰？我们自知将来的事并不都能实现，那为什么要用不存在的事来安慰人呢？这只会令人痛苦。不顾一切的乐观主义？不，我不需要。我想那个年轻女孩同我一样。让病人说出他们破碎的希望吧，任由他们放声哭泣，而不是说出那句老话“别这样啦！”，令他们为自己的脆弱感到羞愧不已。怎样才算是真正理解了他人的痛苦？只是保持沉默，温柔地陪伴。

照料结核病人的方式与从前对待麻风病人一样：将他们隔离开来。这样他们就不会把病传染给他人，他们的死亡也变得遥远、温和、无人知晓。如果能强制隔离，就不会再有结核病。但在垂死之人的禁区……隔离并没有意义。

一九三〇年八月七日

父亲去世后不久，我突然感到一阵心慌，全身发烫：有种生病的征兆。我想，可不能病倒啊，因为身边没有任何人了。我感受到真真切切的恐惧。再也没有人为我提供庇护，让我能够毫无顾虑地放下一切。现在只有医院、诊所、疗养院、护士和朋友。你的喜好、习惯将被嘲笑和批评。现在父亲去世了，我又病倒了：我的恐惧是有理由的。如果我死了，没有人会把我装扮得体，没有人会为我盖上我喜欢的毯子……我也将完全不复存在。这个想法很幼稚：但我无法相信死去的肉体将不再有任何感觉。我对于死亡最后一秒钟的恐惧，是漠不关心看着它的那些眼睛。我要继续抵抗，继续强迫自己。我会死在这儿吗？这里如此遥远。

我几乎是平静的，很少哭泣。这很糟，小事总把我的烦扰放大十倍，而真的要紧事往往让我平静。这真是尽头吗？

一九三〇年八月十一日

我们幻想出童话来逃避现实；我们互相讲述的这些故事永远不会发生；我们深知这点，但细思之下，一阵可怕的绝望袭来，我们又很快逃回到故事中去。说教家批判想象——为什么要这么做？这是唯一可能的安慰。相信来世的幸福不是一样的道理吗？

一九三〇年八月二十四日

好像是明天？我相信手术会成功的。人们让我别害怕；这有点儿可笑：我并不害怕。但我不喜欢被人触碰身体，做些修理。今天天气很好：阳光灿烂。我想去跑步，去打网球。我感到自己很强壮；也没准还发着烧。我像是焕发着光彩。为什么会生病？我太讨厌生病了。我渴望舒展身体，去爱。爱，被爱，感受亲吻、肉体与信念。为什么我从前没能得到这些？而如今……都结束了。既然最终会拒绝我的愿望，为何一开始要赋予我这些可能性呢？

II

又回到了我的房间，这白色的房间，悲伤的房间。它今晚很暖和，玫瑰色的台灯罩透着舒适的光。但这个房间空空如也，这个世界也空空如也。谁与我有同样的想法，谁在想着我，谁在为我着想？今晚我吻了一个人：他已经忘了，而我不能心生依恋。一个舞后的吻算什么呢？我很累，太累了！我如此渴望活下去，因深知生命本身并没有意义。只有激动时，我们才感到正活着；因生病而失去活力时，我们眼中的生活不过一片虚空。而我已经没有了给这虚空注入旋涡与影像的力量。

你，一个热情的年轻女孩，如此渴望着付出，如此渴望着收获。你病魔缠身，失意的灵魂无处安放；你不再有家，你不再有爱。有人惦记着你，但并不是你想要的惦记。你希望有人像父亲、母亲一样爱你；对你的每声呼喊都给予你渴求的回应。然而如今你只有自己回应自己，再也没有了力量。

仅仅是呼吸就让人如此疲惫！一呼一吸都像从喉咙中挣脱出一个结：我渴望消失，化为一滴水蒸发掉。我害怕死亡，然而在这巨大的疲惫中，我想自己应当不会感受到它的恐怖。在将死之时，人们当是如此疲倦，以至于不再恐慌。

我身边有一把漂亮的手枪……我将不再感到疲惫。

但一阵噪音将我从昏沉中唤醒，在休憩将成为永恒之时，我不再渴望它了。

III

潘托邦

羊皮纸灯罩透出黄色的光。灰色的房间看上去很柔和。我面前放着自己的肖像，一双悲伤的眼睛注视着我，眼神幻灭，它们确信一切都破灭了："不要再想以后。"为什么？它们并不知道；但它们知道已经无可救药了。

女仆离开了。我打了针。在接下来的十二个小时里，我等待着宣告新一天到来的力量。我身上到处绑着带子，无法动弹；也不应当动弹，一点儿也不行，只要一个动作，我就会撞到我躺着的棺木的边缘。床很大；然而我躺在一个狭小的棺木内，被黑色木板围困。我的胳膊太长了，不知道能否装进棺木里；它也不该有任何动作，不然就会引来疼痛。我只能伸展一下手指，这是我给自己的一点点乐趣：像从前胳膊还柔软时一样，自由地做一个动作。恶心守候在我胃部的凹空处；我不得动弹，因为一旦动弹，它就会涌到嘴边。再说我这样也很好。疼痛沉睡了；烦恼沉睡了；一切都很好：明天再想吧。我身旁有一杯柠檬水。一会儿，几个小时之后，我就能美美地饮上一口，那会儿我应当发着高烧；我将惶恐地、美妙地啜上一口，希望恶心不要袭来；只剩这一件事：在发热乏味的口中注入一口酸饮。

一个冷战掀起一阵剧痛。一阵难忍的高温在全身蔓延；它是不祥之兆，因为我在发抖；它像发烫、恶臭又冰凉的露水一般，浸湿了我皮肤上的每根汗毛；恶心之感也到达了胃无法忍受的极点。一声长长的、充满抗议的呻吟将我的身体绷紧成防御的姿态。战斗到来了，这夜复一夜的发作。

您在做什么？您将我安葬在四个棺材中。其中三个里的我很好；美丽的头摆出柔软的姿态，仿佛我仍活着。然而在第四个棺木中，我的头凹陷又扁平。母亲去世时，她的头就是这样。一个死去的头颅比活着的空多了，为何却更重呢？为了使母亲的头好看些，我们在下面多塞了一个枕头。您在拿一个鞋盒填充我的头颅。但纸板不够柔软，盒子的角塞不进圆形的头颅。您看：头是抬了起来，但盒子的角撑开了脸；眼珠从眼眶中凸出来：这不像我了。即便您敲打盒子的角，再塞上碎布，也没有用，我看上去像一个脑袋被小孩子打碎了的丑陋的瓷娃娃：露出里面支撑着一双蓝色瓷眼睛的铅质骨架。

年表

1900

玛塞尔·索瓦热奥出生于法国阿登省的沙勒维尔。

一年前，其父母在五个星期内连续失去了两个年幼的儿子，遭受了巨大的丧子之痛。玛塞尔的降生为这对悲痛的夫妻送来了希望，因此他们非常溺爱这位小女儿。

1914

玛塞尔升入沙勒维尔女子高中。同年，迫于第一次世界大战爆发，索瓦热奥一家搬离了沙勒维尔，转徙定居在了巴勒迪克。

1914-1918

这几年间，索瓦热奥一家先后搬到过特鲁瓦、巴黎、沙特尔，再回到特鲁瓦。

1918

索瓦热奥一家在十一月十一日停战后，重返巴黎。

玛塞尔开始在索邦大学攻读文学学士，并结识了雷奈·克雷维等文学家。同年，她开始准备文学教师资格考试。

1925

玛塞尔的母亲于二月去世。

1926

玛塞尔考取了教师资格证书，并开始在沙勒维尔的一所男子高中任教。

1929

一月，玛塞尔感染了胸膜炎。

十月，她转到奥尔良一所女子高中任教。

同年，她与一位被称为“宝贝”的神秘男子发展了一段疑似柏拉图式的爱情。

1930

玛塞尔的父亲去世。

她转入巴黎的茹费里高中任教。

同年夏天，她被诊断出肺结核的初期症状，不得不去特奈欧特维尔的疗养院修养。九月十二日，她开始创作一篇关于父母和童年的文章。

十一月七日，她收到了“宝贝”的信，告知了他与另一个女人结婚的消息，在巨大的打击下，她开始写作《我选择独自一人》，于十二月二十四日完成写作。

1931

夏天时被诊断为痊愈，玛塞尔返回巴黎。但是很快旧病复发，她又被送进医院，并在瑞士达沃斯的疗养院度过了整个冬天。

1932

玛塞尔全年大部分时间都在达沃斯度过。

1933

初春时节，玛塞尔返回巴黎。

五月，她的病情再度加重，右侧肺部造成了永久损伤。

《我选择独自一人》的初版（名为《剖析》）售出一百六十三册。巴黎文学圈里争相推荐，推荐人包括雷奈・克雷维、保罗・瓦雷里、保罗・克洛岱尔等。

十二月一日，她返回达沃斯的疗养院。

1934

一月六日下午五点，玛塞尔去世。

图书在版编目（C I P）数据

我选择独自一人 /（法）玛塞尔·索瓦热奥著；陈觅译. -- 北京：新星出版社，2018.1（2024.7重印）
ISBN 978-7-5133-2193-8

Ⅰ. ①我… Ⅱ. ①玛… ②陈… Ⅲ. ①随笔-作品集-法国-现代 Ⅳ. ①I565.65

中国版本图书馆CIP数据核字(2017)第267496号

我选择独自一人
[法]玛塞尔·索瓦热奥 著
陈觅 译

策划统筹 林妮娜
责任编辑 汪　欣
特约编辑 张　迥　岳卫华
责任印制 李珊珊　史广宜
装帧设计 王　斑
内文制作 田晓波

出　　版 新星出版社 www.newstarpress.com
出 版 人 马汝军
社　　址 北京市西城区车公庄大街丙3号楼　邮编 100044
　　　　 电话 (010)88310888　传真 (010)65270449
发　　行 新经典发行有限公司
　　　　 电话 (010)68423599　邮箱 editor@readinglife.com
印　　刷 北京中科印刷有限公司
开　　本 787mm×1092mm 1/32
印　　张 4
字　　数 55千字
版　　次 2018年1月第1版
印　　次 2024年7月第12次印刷
书　　号 ISBN 978-7-5133-2193-8
定　　价 39.00元